当代中国学术文库

花溪月竹

吴仁吾◎著

中国文联出版社
http://www.clapnet.cn

图书在版编目（CIP）数据

花溪月竹 ／ 吴仁吾著 . -- 北京：中国文联出版社，
2015.4

ISBN 978 - 7 - 5059 - 9780 - 6

Ⅰ.①花… Ⅱ.①吴… Ⅲ.①随笔—作品集—中国—
当代 Ⅳ.①I267.1

中国版本图书馆 CIP 数据核字（2015）第 079598 号

花溪月竹

作　　者：吴仁吾

出 版 人：朱　庆

终 审 人：奚耀华　　　　　　　复 审 人：胡　笋

责任编辑：李　媛　贺　希　　　责任校对：傅泉泽

封面设计：中联华文　　　　　　责任印制：陈　晨

出版发行：中国文联出版社

地　　址：北京市朝阳区农展馆南里 10 号，100125

电　　话：010 - 65389152（咨询）65067803（发行）65389150（邮购）

传　　真：010 - 65933115（总编室），010 - 65033859（发行部）

网　　址：http：//www.clapenet.cn

E - mail：clap@ clapnet.cn　　liyuan@ clapnet.cn

印　　刷：北京天正元印务有限公司

装　　订：北京天正元印务有限公司

法律顾问：北京市天驰洪范律师事务所徐波律师

本书如有破损、缺页、装订错误，请与本社联系调换

开　　本：710×1000　　　　　1/16

字　　数：284 千字　　　　　　印　张：18.5

版　　次：2015 年 6 月第 1 版　　印　次：2015 年 6 月第 1 次印刷

书　　号：ISBN 978 - 7 - 5059 - 9780 - 6

定　　价：46.00 元

前　言

　　2007 年 9 月，我出版了第一本诗集《阳光小溪》，希望自己永远保持阳光般温暖明亮的心境，让自己的人生永远充满溪泉般欢快激昂的青春活力。当然，这只是心中的一种美好愿望而已。事实上，我却一直在经历着事业、情感、家庭等方面的困扰与迷茫。这些年来，在我的心底总是漂浮着一种难以言状的失落与忧伤，同时也挂着一丝丝憧憬与期望，我不知道痴情而自负的我是否真正有过快乐。

　　所幸，在整天忙忙碌碌、懵懵懂懂中，我依然保持着随笔记事、抒情的习惯。自 2008 年以来，我陆陆续续积存了近千首被自己感觉良好而冠以诗名的诗。在这里，我随意选择了近 500 件作品，把它们强行地串联起来，汇辑成集，分为花香满袖、溪林听雨、月天逸梦、竹烟残红四篇，美其名曰"花溪月竹"。这些作品实际上大多是日记式的情感纪实，是我内心真实而自然的流露。正如我在诠释《阳光小溪》时写下的句子一样，沾染尘露随归依，留取心境偶相忆。似幻如梦重情是，朝霞暮霭共山息。我知道自己的心境离阳光心境还甚远，我的生命活力也远远比不上活泼欢快的小溪，我不奢望能引发当今众多热血志士的关注、赞同与共鸣。而我真正的目的，或许只是为了化作被证明了的记忆，并粘取一点虚荣，以便供自己在异域他乡，在风烛残年，可以更得意地"孤芳自赏"罢了。

　　当然，让《花溪月竹》临世，我也有着一种告别的心念，那就是想把开心果埋藏，让快乐草不再萌芽，任情感在这里枯萎，让生命在这里散发。唯有这样，我才有可能跳出樊笼，让心灵远行。我才有可能与树君长相携手，逐花溪蝶舞，捧木屋窗竹，望日落月起。我才有可能随心所欲、任心所愿，踏碎叶残草，听松涛山雨，守搀扶人生，伴蝉鸣泉风。仔细品味，本著作情感与情绪交织，新体与旧体交杂，或许稍欠形式之美。然而花的真情、溪的奔腾、月的淡静、竹的气节，惬意流淌于字里行间，无拘无束。私私吾念，心长往矣。

目　录
CONTENTS

第一篇　花香满袖　1

花溪月竹梦　3

墙角竹　3

复辞行语　3

相约并蒂开　4

月醉佳句　4

恋小屋　4

有爱就幸福　5

共勉生命满智慧　6

如果　6

月微对语　7

怜树君操劳过度　8

木屋有约　8

相守烛尽时　8

中秋夜语　9

江山秋月夜　9

黄昏随笔　10

无解　10

相思月窗梦　11

1

湘水初月 11

子夜月朦胧 12

忆星城月夜 12

秋晨北望 12

相思月夜浓 13

夜月照伤幽 13

月与树君思 13

相约耕织窗月西 14

感恩吾爱 14

相信春天 15

守梦直教断魂愚 16

种豆南国寒 17

北域午晴寻句 17

春晨赠言树君 17

春晨偶句 18

深春起彷徨 18

夏雨清凉生 18

夕栖朝行起相思 19

春晨摘句 19

积缘心境缠清明 20

雨晨读树君 20

倾心长共鸣 20

恋之属和鸣 21

早春雪影 21

小别秀恩爱 22

生日复树君问候句 23

缘生星城痴 23

南国骤变寒 24

花瘦香满袖 25

春日收悉树君佳句　25

雪夜遗句　26

彻夜暖暖品君言　26

爱你如花　26

立夏语情　27

秋意满眸　27

织梦　28

心灵的歌　29

金银花　29

岁月如歌　30

致树君　31

桂香满枝　32

爱恋满屋　33

心境无尘　33

雪地伤怀　34

情惑中年　34

青梅暗香徐　35

初夏黄昏起相思　35

栀子花语　35

端午与树君对句　36

栀子花有语　36

眷眷思君夜深时　37

黎明思忆连　37

堪与花颜论富贵　38

离合期许在　39

种菊在东篱　39

默然若花　40

想　41

樱花晨雨　42

朝花弄春　42

春日赏樱花怀旧　42

晨游荷花池　43

梦花溪　43

湘水春夏发　44

寄语栀子花　44

春色花意人年少　45

幽幽兰香　46

绿　46

清明灵麓望　47

黄昏咏春色　47

予友梅君句　47

麓居逸闲　48

春日晴阳好　48

晴日望灵麓泛绿　48

山坳初夏晴　49

初夏画映居　49

露　49

花　50

和《六一有感》　51

相思　51

心境入冬情入梦　52

冬夜情思　53

夏晨歌舞　54

守诺静夜时　55

难得老少童真颜　55

晨和新句醉　56

子夜思君共眠时　57

晨诉　57

天涯炽爱积　57

第二篇　溪林听雨　59

听雨　61

相约林丛路　61

雨水偶吟　62

听雨散梦　63

梦里依断魂　63

深夜予树君　64

雨夜　64

怀星城旧事　65

秋夜联句　66

无题　67

麓山秋雨　67

园中树　67

散学时分偶作　68

增岁自嘲　68

寒晨独听雨　68

寒彻不眠　69

雨声锁寒窗　70

雨窗寄望　70

春漾雨歇后　70

望清明听雨　70

夜泊枫林　71

雨约春晴　71

摘句麓山晴　72

春夜孤栖枫林雨　72

盼归　72

为人为石　73

夜思端阳　73

孤栖枫林夜　73

不可预期　74

夏夜盼归　76

夜泊山林　76

心思切　76

梦影有无痕　76

暮雨桂韵　77

雨梦岳麓重游　77

苦夜　77

凉晨　78

贺中秋　78

睹盆中卉有感　78

麓山听夜　79

近暮思　79

入学苑见闻　79

晨思伴秋浓　79

午安　80

晴暖暮巢　80

道　80

如木人生　81

早品人生　81

深秋的想象　82

悉津变故而作　82

丛林里　83

盼归向晚　84

山色出晨秀　84

山思　85

寒冬予叹息友君　85

冬晨寄思　86

无题　86

岁末感言　86

新岁寄语当比邻　87

屋顶槌球场　87

近暮雨稀疏　88

端午前夜雨　88

枯叶痴语　88

听入秋夜雨　90

离苦伤夜秋　91

子夜惆怅独听雨　91

秋夜无眠唱和　91

枫叶梦　92

晨摘句予树君　92

早春雨思　92

周末碎语　93

南国雨润春　93

雨打黄昏清　94

听雨释积怨　94

晌午云积厚　95

晨至山麓丛林　95

晌午雨偶歇　96

暮色浸雨　96

初夏送别树君　96

晨品树君句　97

雨树　97

暮雨遐思　98

午歇枫林村　99

词句不堪遣　99

雨夜胡语　100

麓山怀旧　100

相思依在离别后　101

雨后立山麓　101

灵麓染寒秋　102

银杏晨秋　102

无语临冬寒　102

夜着清雾临　103

雨歇春晨新　104

晨音　105

子夜听雨予友人　105

雨夜春寒　105

楚地锁春寒　106

秋雨缘知　106

秋雨晨问　107

秋雨怨　107

流水无痕　108

和句戏冬夜　108

冬暮麓山拾句　109

晨望泉流急　109

夏晨望思　110

深峪清流静　110

晌午临池拾句　110

第三篇　月天逸梦　113

巴渝遗梦　115

心海夜秋　116

春怨　117

爱的神力　118

对句读子时　118

期许生命一回回　119

美丽的夜　119

檀岛抒怀　120

夏日黄昏恋恋歌　121

闻秋　122

星城聚散结千千　122

痴无言　123

思秋唯入梦　123

寻梦寄语友人　123

夜深人困时　124

晌午滨湖寻句　124

欲恨情乱　125

守望　125

西湖麓山尽知秋　126

冬夜相思　127

寒夜寄语言志　127

冬夜望江城摘句　128

夜半人醉眠　128

梦春　129

爱暖如梦　129

索爱人生　130

望立春临近　130

怨春迟　130

山水在心中　131

与树君互勉句　131

不知名小草　132

伤旧　133

又伤时令近春分　134

闻友人染疾　134

凝望星空　135

春日离别独东行　136

黄昏送树君远行　136

流放自我　136

别树君北行　137

临行夜起风云　137

离津返星城　137

等候　138

夜染相思痴　138

塞北行　139

泉歇秋韵夜　139

夜复树君　140

中秋抒怀　140

黄昏悟语　141

晴秋送别君　142

礁　142

重阳自省　143

重阳望灵麓　143

伤情　143

秋夜江堤怀旧　144

秋晨妄想句　144

树君晴日远行　144

志在江川相勉励　145

拾句回应鼓掌友人　145

冬绿　145

长守鸣泉饮涛声　147

指点江帆碧涛风　147

岁首望　148

灵麓冬晨 149

晨望 149

礁石云梦 149

对句烦遣消 150

盼重逢 151

惊蛰偶成 151

春怨遣拙句 151

黄昏岳麓晴照 152

春色孤韵 152

春天树的歌 152

时近清明言情志 153

飘然而去 153

阳光明灿灿 155

深春情怀 155

人生何苦渡今夕 156

树与影 157

晨言支点相慰生 157

闲愁遗亭晚花香 158

盛夏杏园有感 158

长年相思怨四时 158

伤旱 159

夏日偶句 159

昨夜犹起相思梦 159

雨歇黄昏人倚柱 160

送树君赴沪有感 160

默然随笔 160

相约梦中逢 161

与树君共勉 161

炎夏不堪热 162

夏夜无眠枕相思　162

愚者痴吟　163

七夕望江月　163

清品如荷　163

致海鸟　164

飞向海岛　164

早安海鸟之巢　165

溪与礁　166

望粤琼　167

予树君　168

送望树君赴福州　169

和树君佳句　169

布达拉宫　169

访藏胞村　171

雪原守候　171

立中流砥柱　172

望雅鲁藏布峡谷　172

观《古道传奇》有感　172

唐蕃古道行　172

望可可西里　173

过唐古拉山口　173

穿越盐湖　173

晨曦的呼唤　174

津京途拾句　176

至南山寺　176

游蜈支洲岛　176

琼岛行　177

海南夜句　177

寒冬京湘语　177

相思寄京城　178

忆旧寻句　179

旅途偶句　179

新岁登岳阳楼　180

游橘子洲　180

早春踏橘洲　181

晴午至师圣阁　181

红楼小歇摘语　182

黄金海岸夜　183

秋游天目洞　184

立岳麓书院偶吟　184

晴秋至特立公园　185

旅途拾句　185

夜还津门　186

春晴　186

夜宿衡山　187

穿越麓山云雾　187

伫望湘江　188

朝行溪口　190

仰雪窦山　190

有感将军树　190

观中正故居　191

望剡溪　191

枣庄夜与晨　191

伟人故里行　192

望橘洲清明　192

武陵怀旧　192

白洋淀即兴予友人句　193

小伞　193

心灵绿洲　194

让泪滑落　196

心结　197

害怕　199

西湖偶拾　200

冬至海河　201

梦之境　201

第四篇　竹烟残红　203

如果有一天　205

望夕阳染山色摘句　205

秋日随笔　206

丁亥中秋散句　206

春日残丝　207

痴语画中秋　207

重游岳麓山抒怀　207

端午抒怀　208

思亲忆清明　208

亘古同心　209

夜思恩　209

简单　209

良益长相忆　210

湘江水碧秋　210

秋晨惦冷暖　210

荷塘失句　210

旧句新品　211

重游岳麓书院　211

思君古道行　212

梦吧如吟　212

望朝雨而作　213

津晨感怀　213

相思暖千里　214

望清明将至　214

愚人会知音　215

初夏雨晨拾遗　215

夏约湘江　215

近秋晨语　215

慰友人短信　216

生为参天树　217

守望的树　217

守候的心　217

锁梦　218

返星城临行　218

游丝飞絮晚安语　218

夜和树韵　218

草木对语怜霜秋　219

长假聊书　219

情种相恋痴　220

对句欲远行　220

忆星沙会友　221

信步湘江夜堤　221

人在旅途勿言休　221

忆山麓荷花池　222

无期也作有期许　222

香樟树之歌　222

与友人联句　224

相约香樟树　224

彻夜自责深　224

思念殷殷到天明　225

此情缠绵无尽时　225

冬晨予树君　226

马与树　227

悉树君晚归寄语　227

心结缕缕予树君　227

感树君真情　228

子夜悉君书　228

与君一夜诗　228

闻友人至凤凰山　229

大雪梦归　230

常怀亲爱感恩心　230

难冬眠　230

闻犬吠　231

雪夜吟　231

缠绵又在隆冬时　231

梦待黎明一枕魂　231

笑傲世间月朦胧　232

倚榻心忽惶　232

梦回麓山　232

南郊怀旧　233

不怨愿随迟　233

梦马虎联句　234

岁末织语寄相思　235

爱的复苏　235

爱问　235

雪夜抒怀　235

思君伤怏怏　236

晨梦照夜语　236

凝窗风摇枝　236

遇山麓放晴　237

忖度人生　237

麓山秋韵　238

望麓山日暮　238

情乏伤秋　238

望麓山秋暮　239

深秋意望知　239

潜夜无悲　239

相思又黄昏　240

梧桐叶　240

石阶　241

夜闻犬吠　242

冬夜孤栖　242

冬日散句　242

麓山冬晴　243

灵麓冬韵　243

近暮闲适生　244

山林黄昏拾句　244

长夜思无眠　244

春晴望麓山夕阳　245

偶遇闲舍有感　245

山居乐　245

人生情律　245

人生独酌　246

暮色吟　246

残雪　246

残枣　247

冬栖灵麓　248

人生求索更宜秋 248

黄昏望大麓 248

夏夜复树君句 249

共图作为天地魂 249

子夜梦奋蹄 249

归途 250

清明前游校园 250

不负华年老南山 250

晴秋傍晚 251

书院偶歇 251

津夜孤渡 252

贺中秋 252

秋晨复树君 252

暮色度人生 253

予友人 253

扶桑种菊心不休 254

仰望方识时 254

灵麓秋思 254

君惜别 255

秋晴惹得相思遥 256

晴秋予树君句 256

思道析理偶得 256

旧颜池影 257

梦境依依终老缘 257

苔青映步途 257

盛夏江畔怀旧 258

绵绵粽香祝福长 258

夏夜独居山麓 258

离别私语 259

莫负树君 259

中秋返故里偶摘句 260

树的歌 260

沐春怀旧 263

春雨立荷花池畔 264

故乡思如泉 264

后 记 266

01

第一篇

| 花香满袖 |

花艳娇无力，怕怯春雨急。一夜清风落，百草含泪啼。
何忍埋香骨，更惧染沉泥。谁是怜花人，能解此心痴？

花溪月竹梦

业生根，身难移；情生梦，心常飞；得空闲，品旧句。曾千里跋涉，旅途寻觅，薄雾清雨，撑伞共。约相守，恋小屋，勿忘房檐树。回眸泥泞路，秋水满池，竹影倒映，草叶拥簇，相思涌。传情书，年少事，念黄昏日暮，唯心相依，真爱永驻。

　　　　花笑映溪落，月影摇竹空。
　　　　凝烛长守望，相逢帐羞梦。
　　　　痴恋娇媚醉，销魂缘复重。
　　　　如斯岁月逝，何处怨途穷。

墙角竹

　　　　墙角月竹吐新翠，伸向房檐掩窗扉。
　　　　不闻石阶经风雨，却凭依栅栏，欲听离人语。
　　　　离人未语先拭泪，年年空落春来归。
　　　　而今又近中秋日，望月明天遥，芳翠与谁许。

复辞行语

11月19日晨离星城，树君寄语饯行：风凉秋寒，露湿晨衣，一别千里。归期尚远，不知佳人，情何处依。对镜清冷，往昔欢笑，犹在耳畔。人生碌碌，名利纷纷，几时得休。山隐丛林，携手并行，笑看花落。

　　　　山青翠，水带衣，星城犹沉秋意醉。
　　　君忙碌，迟归栖，晴日一去千万里，空留红颜镜窗洗。
　　　　地皱萎，叶枯积，津沽但恐冬寒袭。
　　　心已结，何谓回，矢志终生共寻觅，静待笑影荡花溪。

相约并蒂开

秋夜弄句予树君，尽表爱慕之情意。树君回复云：莲荷并蒂瑶池乐，人间美景花溪月。泉鸣山空树影斜，竹翠林深人相约。

一面倾慕心无埃，千结更慕旷世才。
纵使地老天荒时，默然拥簇并蒂开。

月醉佳句

树君云：千里江山一日隔，月圆人圆又几时。芙蓉花开青青草，金桂飘香夜夜思。

读君佳句千里邻，似闻桂香满腹馨。
朝朝暮暮心挂月，缠缠绵绵月醉人。

恋小屋

楼旧竹斜人迹空，江南夜色树影重。银汉独步中秋月，清凉不与往昔同。树君说，她喜欢那间小屋，虽然旧了，空了，当它一直存在，永远都在。

中秋佳节近，望月倍思亲。
津湘天地远，孤栖岁月深。
老幼仔肩沉，事业更待兴。
子夜常唱和，无眠泪湿巾。
长忆树愿许，默然风雨撑。
可知竹犹发，人去屋空清。

有爱就幸福

一枕一席，一书一笺，一瓢一箪，一言一笑，一生一世。

我知道幸福的代价
我知道爱的痛苦
我不再奢望
只要留在彼此的心里
就已足够

我无法压制欲望焚烧
我无法埋葬喷薄而出
多少次不眠的夜
全都是你的身影
我只能放任

从没停止过祝福
从没停止过问候
多少悄悄流失的日子
我在你的心里
低语相诉

我知道幸福的代价
我知道爱的痛苦
我不再奢望
只要留在彼此的心里
就已足够

共勉生命满智慧

　　入秋摘句予树君：尽我本份，勿枉天才；尽我所能，勿负光阴；尽我爱心，莫负情缘；尽我余生，莫负树君。树君回复：天生君才必有用，愿付终生伴君行。笑看红尘众生相，不改痴心天地长。树君又传句：来生远，今生苦，尚好花溪月竹影。今生搏，来生许，三生石下木瓜咏。愚人随即和句：麓峰突，湘水流，几幸闲暇曾同驻。绘蓝图，赋今古，一解灵犀朝暮殊。树君云：岁月无痕人易老，余生相伴心同往。花溪月竹深情赋，长使相忆不相忘。

之一
常忖岁月思作为，不枉生命满智慧。
心挚情浓花溪影，志高行远月竹归。
之二
人老岁月去无痕，情润心灵爱有声。
溪花竹月长相依，执手比肩许来生。

如果

　　2011 年 9 月 13 日子夜写《如果》予树君，树君凌晨回应：为什么你要离去？没有这样的如果，你知道那盆幸运竹全赖你的照顾；为什么你不再醒来？没有这样的如果，你知道我只能在你的爱里重生；为什么你不再写诗？没有这样的如果，你知道我只能在你的诗里得到安慰；为什么你要留下我？没有这样的如果，你知道我永远在那条林荫小道等候。

如果宇宙还有一丝光芒
我会让它映射在你的心窗
让你依然看见希望
如果黄昏还有一丝霞云
我会把它留住

为你剪裁美丽的衣裳

如果大地还有一点绿

我会把它移植

让你生命的原野花果芬芳

如果有一天我要离去

在你的窗台会有一盆幸运竹

那是我无限的依恋

日夜为你守护

聆听你的吟唱

如果有一天我不再醒来

我的手心会紧攥一束四叶草

一生为你守候

承载你的梦想

如果有一天

你不再收到愚人的诗

他一定会在

你喜欢的那条林荫小道

那是愚人魂牵梦绕的地方

月微对语

树君语：我们要寻找的家园并不远，无须去遥远的国度，无须去浪漫
的小镇。它永远只在我们的心中，只因我们追求宁静致远的境界而存在。

子夜难入眠，相思苦无边。

千里夜归去，厮守待何年？

心通志同远，作为莫等闲。

茶淡烛光明，月微对语欢。

怜树君操劳过度

　　树君牵头组织召开年会，异常辛劳，心疼之际得句以记：昼夜晨昏奔波苦，迎接往送内外呼。恨却瓶颈无力助，唯托梦呓慰枕孤。

　　　　子夜燃相思，弱灯落清池。
　　　　叶积甬道软，草枯寒风刺。
　　　　虫鸟喧闹匿，残月孤影只。
　　　　不眠无它事，伊人归栖迟。

木屋有约

　　祝福无尽时，相聚会有期。人生益师友，相勉淡别离。我以为，如果除去情感吸引心灵相映，人与人之间再无任何理由套近乎。志士不可少自信，亦不可无自负。天地广袤而进程悠悠，吾等如沧海一粟，尽力而前行，足矣。

　　　　　　之一
　　　　淡名薄利栖半屋，麓山湘水恒千古。
　　　　生为凤凰连理鸣，终老化蝶花丛舞。
　　　　　　之二
　　　　心存灵犀无须言，身寄漂泊小江川。
　　　　山溪无尘栀子开，木屋有约星月还。

相守烛尽时

　　风是缠绵的信息，拂过心灵的感动和沉思，把梦交给深深的夜，酝酿那满满的期待与渴望。是啊，每份爱都有发生的缘由，真正想保留的是永远的心动与被呵护的感觉。因而恋人特别渴望永远的温柔，那是一种沉静稳重与从容不迫的气质，在平坦和崎岖相搀相依，如一如初，共一生幽梦。

> 童心去难回，儿梦淡远飞。
> 中年情结生，执著心无愧。
> 朝夕相厮守，冬夏耕同归。
> 有情窗烛尽，无悔星月移。

中秋夜语

中秋前夜，树君传句：秋气晚凉寒彻骨，入夜独行心凄然。辜负一轮好明月，江水东流寂无声。又云：世人皆谓烟花寂寞，其实最寂寞的是看烟花的人。烟花散尽人尽散，还有几人看花落？月上树梢虫鸟息，何曾留意夜归人。读句，不觉想起了张若虚的《春江花月夜》，竟然忘却时已仲秋。春江潮水连海平，海上明月共潮生。滟滟随波千万里，何处春江无月明。是啊，春与秋，秋与春，又有什么区别呢？芭蕉叶丛无愁雨，只因听时人断肠。年年空待明月好，处处婵娟不见人。

> 遥望星空少音讯，幽居枫林多鸟声。
> 年年登高发渐白，岁岁中秋月犹明。
> 人生总有得或失，名利难割亲与情。
> 梦里依稀江堤静，执手共点许愿灯。

江山秋月夜

> 江水连市涌北推，橘洲望岳潮南回。
> 星城独得灵麓厚，书院遗风松竹翠。
> 还忆山冷日西暮，长恋清雾林幽醉。
> 怎堪夜愁生静时，对月缠绵不思归。

黄昏随笔

对看山苍苍，近观白发生。相拥情暖暖，知吾君最深。亲亲复卿卿，细语为缠绵。不知天亦老，与君共今生。十月六日在山麓写《伤情满屋》，其中有句：秋深昼渐短，转瞬天光斜。林幽鸟鸣远，酸枣满台阶。心冷志易折，墙旧情生结。谁约黄昏后，弄影江心月。后分拆为三则，易名为《黄昏随笔》。

之一

灵麓斩荒野，林密径多折。

云淡天穹高，江静楼宇遮。

之二

山幽人长歌，墙旧生情结。

未见清风拂，酸枣满台阶。

之三

秋深昼渐短，转瞬日影斜。

谁约黄昏后，弄影江心月。

无解

壬辰十一月十二日，独栖麓山。虽风清月朗，却寒气袭人，山野不胜秋啊！子夜闻麓山寺钟声缓沉却低妙悠扬，竟望窗度人生，忆池畔芙蓉花丛往事，起相思，难再入眠。于是生句：有你生幸福，有你也伤梦。情已迷，心已痴，既无解，随缘释。旋即改句，谓之《无解》。

子夜许相逢，池影月朦胧。

执手低语诉，芙蓉羞清风。

遇君生幸福，别君则伤梦。

痴迷既无解，随缘释几重。

相思月窗梦

11月23日夜忽生情梦，尽情于山水春光之间，佳人、草堂、溪涧等等梦中景致无不唯美唯俏。翌晨却见深秋早冬残败万象，深觉梦境与现实相去甚遥。不油然回忆起树君曾语：总是心渺渺，却怕情遥遥。不知共寻梦，依依执手牢。

之一
不惧寒冬衾被单，但怕子夜孤枕眠。
相思更比相距远，怎堪离苦涩中年。
晌午曾觉情暖转，黄昏却见阴冷还。
长记期许勿相忘，直到地老待相见。

之二
寻寻觅觅空四壁，恍恍惚惚月窗西。
相思无望人欲睡，不知梦里是何夕。
有娇多嗔佳人笑，无忧寡虑草堂栖。
但愿情暖春光媚，执手嬉闹山涧溪。

之三
分明昨日花溪闹，怎堪今朝残荷销。
梦深不觉夜晚事，风雨无情洗萧条。
曾惜阶台盆菊娇，亦是花落躯身夭。
痴情不怨长相离，却怕心眠相去遥。

湘水初月

时值白露未见秋，暮近湘江复观流。
卧水洲头千橘恋，戴云麓峰一月羞。

子夜月朦胧

　　湘江、麓山、同升湖、南郊公园，星城留给愚人太多不可磨灭的记忆。二十一年前的中秋，愚人曾与意气风发的同学在岳麓山顶纵情赏月、忧患人生。斗转星移，人事沧桑，这里最终成为愚人之爱与生命的栖息地。可雯记于2010年8月20日夜。

江水无情舟已飞，石径遗痕山犹翠。
中秋举饮年少事，清明逢遇终老归。
湖光山色长相忆，莫言离别满襟泪。
子夜栖守月朦胧，近秋蛙鸣阵阵催。

忆星城月夜

星城相聚月色微，梦境牵手羞花魁。
桂香多笑妒君才，亭晚寡游空秋水。
远闻声名大器事，近慕娇容齐星辉。
知音天涯淡离合，勤勉朝夕任往归。

秋晨北望

　　月是十六圆，人是故交亲。中秋翌日，树君赴定西讲学，子夜传言：十五中秋十六夜，月圆光盈云飘散。适值团圆好佳节，生生南北相望远。清晨醒来，咬文北望，凑句以记。

之一

雄鸡唱晓日如初，清风带凉月隐渡。
分明昨夜独翘首，纵然铁石亦生愁。
佳节美景光阴复，故交新邻人事殊。
权当江川无汉楚，长栖枫林淡丝竹。

之二

长驱讲坛踞一梁，点撒星火燎四方。
不付荒野耕播苦，安得园蹊桃李芳。
春来庭前枝竞发，秋往山后叶染霜。
莫怨碌碌人生短，自珍寸寸光阴长。

相思月夜浓

丛林挂月锁雾烟，陋舍浸夜溢清寒。
痴情久别心落泪，洒尽相思照无眠。

夜月照伤幽

匆匆华年逝，默默少壮志。
朝俯露浸画，夕仰霞映诗。
隐隐伤旧事，静静清荷池。
浪漫日渐远，淡泊心自知。
依稀记言吃，恨却落暮迟。
又是子夜时，月满枫林枝。

月与树君思

曾发短信予树君：想你在往昔，秋风细月不言归。想你在今晨，忙忙碌碌去万里。想你在明天，山林耕织俩相依。想你的梦想你的真，望着你的眸触着你的唇，爱意满满吻轻轻……日夜思君心无悔，守月听雨人断魂。

之一

京沪寒窗苦，星城耕耘勤。
谈笑烟云淡，炎凉随风轻。

之二

月照相思明，林伴岁月深。

忘却华年事，幽谷聆溪鸣。

相约耕织窗月西

之一

莫念麓山曲径难，勿忘湘水火阑珊。

寄情海角不觉远，守候天涯未知寒。

之二

茫茫尘海何从求，冥冥苦心几曾休。

既得相遇斋知己，定悉机遇傲鸿鹄。

之三

痴情万里堪思栖，知音千古尤难觅。

莫怨聚散悲欢事，相约耕织窗月西。

感恩吾爱

　　爱情是火，猛了烈了，能把人烤焦；爱情是水，多了泛了，能把地淹没；爱情是杨梅，红了熟了，依然去不掉酸味；爱情是虹，雨了晴了，绚烂于空却无可企及。如果爱，是河床的沙石，是路边的野草，是口齿上的食盐，是鼻咽里的空气，那么她，已被理解为理所当然，谁，还会感恩幸福？愚人曾慰己云：童少生梦许千里，青壮鲁莽跌单骑。老骥伏枥志犹在，不负磨砺固根基。笑啖田间苍衰荠，孤沐山峪清凉溪。古道驿站斜夕阳，残云余辉映阶梯。

或许

这原本只是因果遵循

一切似乎突然偶然

冥冥中

又似命中注定

是你不俗的才气
睿智与勤奋
尤其那苦涩而坚定的微笑
荡开了巫山迷雾
放射岩与瀑和鸣的光影

其实
是你承担了一切
让我们在晨露间
惊喜于玉兰绽放
贪吮那满树芬芳

我深知
是你承载了全部
让我们在月影下
陶醉于草堂恬静
共枕那满屋温馨

相信春天

友人言，有梦想就有快乐，有向往就有希望，有规划就有信心，有行动就有收获。1 月 25 日，与友人相约南郊寻找春天。适逢冬日放晴，令人心情格外舒畅。虽然我们没有发现春的影子，但我们确信春天很快就会来临。三日后，其情其景仍历历在目，致使深夜仍给友人发邮件云：其实，在深冬的大地，春天的脚步一刻也没有停歇。准备好相机，看万物竞发，观百花争艳，我们去捕捉春天的身影；准备好劳作的工具和希望的种子，我们去播种，我们去耕耘；准备好心情，戴蓝天白云，踏江川万里，我们去续写美丽人生；准备好行囊，我们去寻梦，我们去远行……人生路上多曲折，自信自勉莫言弃。人生路途知音稀，自强自立事业兴。人生如梦常自乐，祝福伴君万里行。又云：纵使未来不知处，但得过往长相忆。

之一

湘水北去探冬深，麓山南延盼春汛。

烧烤丛林当有日，解箨新篁炊烟轻。

勿忘幽谷月竹翠，长饮林风溪泉清。

莫怨岁月人相忘，不怜相思疏影横。

之二

光阴荏苒人事匆，鬓发渐老记忆重。

临江山映晴空阔，枫林层染夕阳红。

痴情无悔心依旧，风华正茂复入梦。

掬掬笑容鸟鸣外，缕缕清风竹影中。

之三

斜阳灿灿暖古寺，清风徐徐荡墨池。

人踪稀疏湘妃泪，冷落楚江拾遗诗。

世间自古多遗憾，莫怨月缺伤心时。

南郊竹翠泉相映，静待新芽发满枝。

守梦直教断魂愚

之一

双眸对望山川催，俩心相映梦境回。

戏弄花溪春常在，斜依竹影人相随。

之二

寒窗无尽缠绵句，枕心有虑娇贵屈。

责缘何苦空催泪，守梦直教断魂愚。

种豆南国寒

红豆种故国，相思萦江南。
绵绵期无绝，迢迢渡银汉。
孤寂时日久，冰雪映月残。
纵然坚如石，哪堪封流年。
芽叶迟迟发，春雨细细晚。
莫如种心地，一夕花果全。

北域午晴寻句

北域放长晴，南国淫雨纷。
冰湖泛绿影，窗景润泽新。
思君天涯远，梦里期许近。
禾雀相嬉啄，妒煞沦落人。

春晨赠言树君

早起赠言于树君，树君云：花之夭夭，在春之时；树之青青，在夏之时；果之硕硕，在秋之时；雪之霏霏，在冬之时；思之切切，年年四时。3月28日晨记于津沽。

春分去，寒意消。
陋室空，窗外闹。
惹相思无尽，绵绵痴情恨昨宵。
分明是，廊下秋千荡，
与君笑，愁煞墙角粉桃娆。

春晨偶句

晨收悉树君语：春深夜静月，花开无人时。回首往事远，雨过瘦桃枝。唯恐春归去，守候到晨曦。奈何无踪影，空留花心痴。愚人拾《春晨偶句》，随即树君再传信息：世外风光更不同，人间春色何足道。那里四季花常在，没有飞絮惹伤愁。身生双翼翩翩舞，自在娇莺恰恰瞧。2011年4月18日晨可雯记于津。

晨曦染相思，温馨满庭中。
鸟鸣窗尘落，草青阶石拥。

深春起彷徨

树君云：相思无数为情爱，不知身影更孤独。尘世孽海本无常，何必尽自惹心苦。忘却从前往事集，泪洒潇湘天地古。又云：春光无限好，可惜近黄昏。杜鹃深情舞，无奈晚风狂。月亮伤心隐，相忘再无言。

之一
君言尽悲伤，怨责负痴狂。
取舍暗日月，无语栖凄惶。
之二
春深人易老，望亲月临窗。
纵使独归隐，采菊勿相忘。

夏雨清凉生

树君夜语：夏雨无由来，忽然凉遍天。爱君无商量，十生十世连。夜半解相思，不忍话音断。衷肠低低诉，情意绵绵牵。

莫言夏雨清凉生，夜半相思月梦尘。

染疾直捣心尖痛，伴君无悔爱永恒。

夕栖朝行起相思

之一

夜深风摇树，疏影月斜出。

千里候约晚，今夕人情殊。

相思无终处，直言山林驻。

遍山满花期，闲居清闲储。

之二

朝起踏鸟鸣，曦柔夏晨新。

身离心无隔，爱挚情断魂。

迢迢星云渡，汤汤湘水清。

梦境依期许，扬帆执手行。

春晨摘句

这些日子，长沙雨水很多。江南的春天似乎依旧比北方滋润、繁茂、翠绿。迎春花、樱花、玉兰花、桃花、泡桐花、杜鹃花竞相开放，点缀着美丽的春天，带给人们振奋和遐想。树君有句：杜鹃次第开，垂柳条条青。漫步人生路，阔谈江山远。

池畔草青青，枝梢叶新新。

春酿厚醇醇，花醉飘纷纷。

云天开高远，绿地启锦程。

相勉酬勤路，不负拓荒人。

积缘心境缠清明

春分时节潮气升，知音隔离佑康宁。
津沽园林桃花艳，星城枝头绿叶新。
朝暮语语耕耘勤，天地依依痴情深。
长恨树影荡清池，积缘心境缠清明。

雨晨读树君

9月14日值夜无眠，翌晨困倦至极，推门出屋坐房前台阶。天空灰暗，云雾迷蒙。园中草尚青，石榴渐红熟，一些无名小花依然在儿童高尔夫球场的围栏边无声地开放着。几株牵牛花藤顺着球场一角围栏向上爬行，爬得很高，绿色的藤叶和一簇簇紫色的小喇叭花伸向空中，织成了一段美丽的花墙。七点多，天完全亮了，淅淅沥沥下起中雨，夹带着凉气的风迎面吹过，送来清幽的香味，似栀子，似丹桂，如树君所言所语。

天空灰暗楼宇沉，晨雨淅沥园林清。
独坐台阶无所思，草叶入帘愁绪生。
雅洁栀子春同吸，淡香木犀秋共斟。
纵为荒蹊寻常草，剪叶绽花释永恒。

倾心长共鸣

有一种人，没能修得缠绵共枕，抑或短暂同船共渡，但心相知，情相融，这或许可谓之知己。友句：有才、有情、有爱，还有最倾心的无奈；愚对：无声、无泪、无怨，却无最期待的有缘。愚人偶自问：谁是最倾心的聪慧丽人？知己相怜惜，来生或有缘。生息替永恒，荣华入烟云。行我行不弃，爱所爱无悔，一切都会归于平静。

之一

今宵难入眠，只为盼君切。

隔望近相思，咽泪伤离别。

聚欢晨昏短，缠绵树影斜。

但得长相守，共老湘江月。

之二

知音海内存，天涯亦比邻。

期待相执手，梦境蒹葭青。

岁月易流失，祝福绵烟云。

真爱难释怀，倾心长共鸣。

恋之属和鸣

愚人曾寄语：揽不尽锦都秀美，饮不尽资水荡漾。毛板故事，梅山遗韵，茅屋夜语……树君那一筐梦，缠绕着愚人一生的渴望，永远栖息于斯，演绎千古传奇。树君亦施妙言佳句描绘其愿景：枯藤老树昏马，夕阳西下，断肠人在天涯；寒梅香草修竹，月上梨梢，知心人在眼前；麓山湘水花溪，燕筑小院，有情人成眷属。时近中秋，细品旧文，感慨不已。愚人夜难入眠，自语自诩：树君容貌俏，堪比桃花娇。纤手织锦文，深眸蕴略韬。品行在上乘，德操无可挑。勤俭意志坚，作为引浪潮。过子夜，又弄句与树君愿景唱和。

枯藤古树折，断肠夕阳斜。

知心结小屋，促膝话入夜。

湘水麓山远，情岛爱林奢。

阶连香草竹，窗映梨梢月。

日出雾气消，泉鸣清风彻。

嬉闹花溪燕，尽忘霜秋别。

早春雪影

有网络传语：是谁，吻我之眸，遮我半世流离；是谁，抚我之面，慰我半世哀伤；是谁，扶我之肩，驱我一世沉寂；是谁，携我之心，掩我一生凌轹；是谁，弃我而去，留我一世独殇？又是谁，唤我之情，融我半世冰霜；又是谁，明我之志，使我此生无憾！

茫茫天宇
寒气袭袭
高高低低
你蹁跹而舞
匆匆来临

湿湿岸堤
幽幽丛林
远远近近
你无声无息
不择而栖

不慕梅红暗香
不仿桃粉娇艳
伤感的日子
庆幸有你
透着清纯的身影

不为荷而残
不因垢而污
惆怅的心窗
唯有你
留下一帘生命的美丽

小别秀恩爱

十月二十六日凌晨五点发现树君于零点发来信息：生命就是为纠结而

来，所谓善良与幸福一定是要经过磨难与考验的。感谢上苍，让我们相遇、相知、相惜，能醉于想，痴于思。想在一起的美丽、美妙、美好，一如那童话中漫天飘飞的雪绒花，无数精灵，道不尽的秘密，每个故事里都有你我的对眸一笑、一握成暖，我痴痴听你说，痴痴在你怀。读罢很是感动。分明昨夜睡前她的手机已经关闭，却在子夜又开启了。于是捉句秀弄恩爱：树君半夜关机开机原因分析，一是手机没电自动关机，二是主动关机要休息，三是无意间关了机，四是防骚扰暂时关机，五是学技艺练习关机，六是好奇玩味关机。关机种种，开机却只为愚人，就像打开心窗、情扉、爱屋一样。既开，则月色映窗，痴迷绕扉，浪漫满屋，恩爱满怀。

之一

细品一语知浅深，堪比三载梁祝情。

离合不止恩爱事，梦里依稀登晚亭。

之二

一眸一握千缘修，一笑一暖万爱生。

福幸促携同船渡，不惧风浪任浮沉。

生日复树君问候句

同醉芙蓉娇，共听玉带潮。

入世逢遇多，相知结缘少。

梦牵山麓魂，帘隔天地遥。

过往谁相惜，唯君只语昭。

缘生星城痴

清明时节，传句予友人：春花浪漫时，自然静芬芳。花丛堪比美，笑靥饰泪裳。得友人复句：枫林新绿翠，麓山窗月西。岁月易流逝，知音长相忆。愚人伤感，弄句：花依旧，人清瘦，春雨无情泪满眸。湘水悠，梦影楚，醒来却饮直沽风，倚窗不见笑君处。

原本无思却生丝，只因星城与君识。

来来往往过路客，缠缠绵绵何人知。

踏径麓山林掩石，寻秋郊野月映池。

但使君心长相忆，抛舍凡俗恋无痴。

南国骤变寒

树君子夜短信云：一夜风声紧，狂啸掠天地。卷起沙尘浮，撼动窗扉隙。吹彻梦境寒，夜深独自凄。读树君句，忆前些时日"人走茶凉"、"人去楼空"之类言语，心欲乱，捡词回复：情意长在，亲爱不泯。岁月流逝，人事渐古。保重身体，信心满怀。快乐生活，空凉无痕。三月十四日深夜于津。

之一

南国骤变寒，草木哀孳缘。

何求一春早，旦夕万芽残。

梦幻百花艳，醉彻歌舞欢。

安知风雨虐，凄厉掠红颜。

之二

闻言心裂肺，思君伤情绝。

期许饰唇楼，孤钓寒江雪。

偶逢匆匆别，守望劳劳越。

纵使窗烛明，已然月影斜。

之三

凄凄夜风声，昏昏天地沉。

沙尘蔽星月，寒雨锁梦魂。

迢迢南国遥，绵绵相思深。

何日执手眠，抚慰树君心。

之四

爱本无怨悔，情初载悲欢。

子夜品君书，天涯动心弦。

何为知音难，是谓真诚坚。

勿伤化蝶泪，笑掬残年泉。

花瘦香满袖

凌晨悉友人佳句：华年早逝负春秋，伊人堪比花影瘦。寒暑更替情难事，天地荒老轮回诗。半梦半醒之中，愚人回复：相思满树情满怀，一份期许一份爱。人间美景但相约，无怨肥瘦共拾台。友人又赐佳句：青青河堤草，依依湖畔柳。岁月梦境逝，真情心地留。天涯求几度，江水静北流。倚栏眺万里，别去麓峰数。窗映荷池绿，阶漫鸟鸣稠。竹翠影荡溪，花瘦香满袖。读罢友人佳句，为景所染，为情所动，起身弄拙句，2011 年 1 月 5 日可雯记于津沽。

之一

情动娇容爱几重，才展华年净皆空。

人未临窗已入梦，溪映醉月泉鸣中。

之二

锦瑟年华莫虚度，挚炽真情何求酬。

春华秋实月圆缺，昼替夜更人耕收。

春日收悉树君佳句

树君晨发佳句：城春草木深，春光浪漫过。杜鹃笑靥迎，花丛千万朵。樟树发新芽，暗香留步踱。处处惹人思，只叹天涯错。

新芽清香春润湿，破晨伊人佳句至。

逢聚无时一语慰，梦恋有心千载痴。

雪夜遗句

腊月中旬潇湘普降中雪，天气寒冷。闻之甚念故里亲友，摘句予树君等知己，其中有句：夜幕罩北国，明月生天涯。潇湘风雪里，温馨若君家。及至深夜，未见回复。翌晨树君短信传句云：相思情绵绵，梦呓意牵牵。佳句晨曦里，亲爱心灵间。

世间本染尘，情动爱恨生。
莫怨寒冬雪，辉映梅香馨。
翘首春日暖，踏青山川明。
璨璨采莲句，奕奕唤芳心。

彻夜暖暖品君言

彻夜暖暖品君言，祥云袅袅携霓仙。
山花浪漫归有期，爱谷幽静恨无缘。
天地离合炎凉转，世尘悲欢锦素换。
忘却盛年青涩事，指点南山祈愿还。

爱你如花

品你如斯，高贵不失淡雅，古朴蕴含时尚，细微处尽显经典，目未至而愉悦满怀。爱你如花，爱你如画，爱你如梦，爱你如斯。

一朵平凡的小花
只要你走近
走近
你一定会惊奇
会陶醉

原来

那平凡的花叶里

一直珍藏着

世间

最纯真的美丽

立夏语情

　　入夜，愚人发信息予树君：津门的雨淅淅沥沥，暮霭伴袅袅思絮弥漫飘逸……树君回复：深夜寂静人不静，往事不堪回首苦。人情已非心不改，乐做笑傲江湖人。愚人再传信息：春又渐去，人事全非。记忆里，花如海，眸若水，温馨满屋，相思伴梦……树君言：君言凿凿，妾言戚戚。不是相左，只因爱真。人生浮华，不值一求。生命至诚，感动天地。不忘本义，坚持奋斗。相濡以沫，白头到老。笑看山林，不悔今遭。

之一

莫言天地苦，自信日月新。

命运舵在握，何缘盼贵人。

树君擎家业，倾倒愚人心。

亲爱泣海内，幸福满余生。

之二

雨后空气新，窗前雏鸟鸣。

夜语树丛落，朝望人断魂。

岁月本无尽，生命止回轮。

思君当有期，执手乐清贫。

秋意满眸

一

窗外思绪飞乱

秋意满眸

远去了

那美妙的音乐

可我的心

却一直感觉到

她的存在

二

无需美丽相逢

无需朝夕厮守

一怀期许

一枕幽梦

一叶小花

一句问候

已经足够

织梦

天空的浮云

并不想遮挡太阳的光芒

她的眸子里

一直闪烁着

灵魂的真谛

与童年的向往

大地的小花

并不想唱和瑟瑟的秋风

她的心胸

一直埋藏着

生命的求索

与久远的理想

看花叶凋谢

任浮云漂泊
无论大地的绚烂
还是天穹的凝重
为了那深埋的情种
我们把她编织成梦

心灵的歌

谢谢你
你正如
那一叶草一点画
正如
那一曲歌一瓣花
载着驿动的心
在惆怅的夜里
慢慢落下

于是
久积的阴霾
因你而消散
平凡的小草小花
因你而美丽无暇
被深埋的开心果
依然坚守在那
海角天涯

金银花

期待有一天
我们相逢
美丽的街灯

虽然冷清
但彼此的心
在幸福的暖流里浸泡
相依相拥

不再有距离
只有交融与信任
只有搀扶与温馨
一如那小小的金银花
载着满满的爱
静静地
散发着爱的芬芳

岁月如歌

之一
梦里千万回
而今
终于可以无数遍看
看你秀发丛里
那一簇簇
甜甜的笑

期待有一天
重逢
用我暖暖的手
轻轻地摘去你两颊
那一串串
冰冰的泪

之二

人生有许多错过

悲欢离合

熬干了肌肤

却无法束缚

心灵的挣扎与解脱

人生有许多结果

酸甜苦辣

咀嚼自知

无需在意

世间纷纭评说

之三

我们没有错过

茫茫尘世

相遇相知

这必定是

上帝故意遗弃的缘果

梦境如花

岁月如歌

期待与你牵手

迎着黎明前那道屏障

一起平安走过

致树君

曾以为

你只是一叶小花小草

在一片

洁净的清凉世界
轻轻地唱着
美丽的生命之歌

当我走近才发现
原来你
也是一棵坚强的大树
饮风沐雨
高擎蓝天
把大地紧握

于是
世界的点滴
被深深的写进土地
世态的炎凉
夺不走
春天绽放的美丽

你让岁月的梦想
在枝梢繁衍
你让生命之爱
在根土依偎
任风雨荡涤
你依然延续世间的传奇

桂香满枝

正是秋意拂面时,又见桂花香满枝。
何日与君共连理,除却梦中叶满池。

爱恋满屋

如果我爱你，而你正巧也爱我……

不知道那条小路
伸向何方
却依然渴望
和你一起走一起漫步
不知道那无名的
小花小草
却要把它
在记忆里
永久存留

不知道
那山那河那犬那屋
却听到了你清甜的歌
看到了你灿烂的笑容
不知道从何时起
你的善良
你的美丽
已经使我的生活
爱恋满屋

心境无尘

再读《涉江采芙蓉》，笑过客之愚昧无知，感友人胸怀之宽广，2008
年10月30日可雯记。

南国艳芙蓉，芳草何萋萋?

无尘道深远，同心无别离。

雪地伤怀

冰天雪地，寻梦徘徊。

几度盼，携君故地，春光如潮花如海。

暮云朝雨，庭蕉檐树，千里跋涉言无悔，溪竹乱心怀。

追往思今，伤情悱恻。

多少泪，强掩心地，星月照人发染白。

诗页茶盏，柴扉静苔，依栏回首西窗许，茅屋映古槐。

情惑中年

很久前，天就爱上了海。可他们只能在遥不可及的地方才能融为一体。很多年过去了，他们一直没能真正实现身心交融……然而，他们没有放弃、没有改变，直到现在，他们一直拥抱着那份广袤无垠的蓝色梦，交相辉映，默默地期待……

之一

今岁无意笑花丛，往昔痴情倚门中。

但使桃艳相映醉，无怨泪清独落空。

之二

沈园花落泪沾红，湖畔雪舞影瘦容。

他年若得春风度，携君攀枝嬉门中。

之三

只待春日香满溪，相携踩石柳絮低。

彩蝶游鱼逐花影，清风明日漫绿堤。

青梅暗香徐

青梅暗香徐。

月窗外，干枝枯叶，乱石残雪。

茶淡子夜半帘泪，搁笔断弦无语。

依西窗，寒凉袭袭。

细品空灵君雨泪，和心曲，散落幽怨祭。

曾相思，誓期许。

莫道鸿雁旅途迷。

人相离，梦呓碎，踏苔草满阶。

一杯一羹尘浸染，半盏半卷雪泥。

守岁月，浮云依依。

曾伤寒风落花飞，盛余晖，情薄人憔悴。

把兰花，撒小溪！

初夏黄昏起相思

门前花艳树纳新，房后草深蛙鸣轻。

夜幕垂落风雨至，芳香飘动满园春。

低石静卧若有思，高楼矗立默无声。

谁言入夏淡伤感，相依难解几断魂。

栀子花语

素雅洁如雪，清香沁人心。在我和树君看来，栀子花纯洁美丽，清香袭人，很是招人喜爱。2011 年 5 月 29 日夜，树君发信息说寻着栀子花了，似乎格外兴奋，愚人随之拾句以赠。惹得树君得句即复：寻却月踪影，孤枕难眠时。两地心相连，知君莫如妻。又是一年夏，端午近时日。不是相思节，比节更相思。栀子花开遍，满山满树期。

之一

夏夜满天星，草池荡虫鸣。

栀子花香落，孤枕梦魂清。

之二

又是子夜至，满怀缠相思。

忍看信笺落，静待天明时。

端午与树君对句

端午节弄句给树君，得回赠：雨落端阳节，龙舟更竞发。觅觅芳不尽，依依栀子花。小池水涨浑，鱼想莲荷夸。无关相思事，石榴残红芽。

端阳浓相思，草叶不得织。

龙舟江湖事，山林风淡嗤。

不贪春花艳，相守秋满池。

何待岁月老，搀扶人心知。

栀子花有语

夜语树君：吴郎才尽黜，树君语生花。听雨相思近，忘却两地遐。树君即复：非偶弄戏句，只因相思真。吴郎自不如，亦非才情短。路远心无隔，梦里一线牵。五言六句诗，把盏共吟唱。吾随凑句《栀子花无语》。树君可谓才华横溢，落笔成诗，出口成章，又即复：相守有多远？千日何其长。两小无猜儿，近日耍欢狂。不忧分别在，长大各一方。天长和地久，相思永不忘。栀子花又开，待君共梦香。至翌晨又语：昨夜雨声骤，雷电驰长空。今日天色好，朗朗乾坤清。但看叶翻新，却听情语深。

　　栀子花无语，夫君日夜忙。
　　自恃风雨严，寂寥心语伤。
　　入夜梦枕落，朝起诗话芳。
　　相伺千日后，共守岁月长。

眷眷思君夜深时

　　树君晨语：晨起清凉时，携儿寻芳迹。莲藕无声语，荷花悄然立。小池满绿水，红鲤蜻蜓戏。念那痴情人，天涯时时记。6月11日于星沙。

　　眷眷思君倍，静静夜深时。
　　茫茫尘世里，灿灿君影炽。
　　依依京街巷，劳劳椿杏枝。
　　匆匆岁月流，脉脉恋情痴。
　　坎坎事业艰，弱弱老少伺。
　　迢迢两地远，沉沉仔肩滞。
　　碌碌不得息，勤勤染墨织。
　　寂寂旧枕孤，习习帘风湿。
　　长长相守望，闪闪灯盏只。
　　低低耳语诉，生生天明迟。

黎明思忆连

　　朝起独步园林，起相思无数。思山，思水，思亲，思友，更思知己故里，忽忆树君语：人生几何风雨，夏转秋凉，听彻黎明。鸟缠树鸣痴情语，无奈飞无度，数落花数重。思忆连连绵绵，随占二首。2011年6月13日晨于津沽小海地。

之一

朝临东窗数鸟鸣，梦落旧阶伴草生。

花开花谢麓山远，浪涌浪静湘水清。

曾几言誓夜听雨，却独倚栏日望亭。

愚人哪堪情怀古，尘封期许孑然行。

之二

云歇风停园清新，树听草望庭空净。

夏日繁茂多忙碌，黎明得闲返星城。

睡莲泊水池依旧，丛林掩径山犹青。

人老不知岁月去，情荡笑漾漫步轻。

堪与花颜论富贵

我虽是个花盲，可还是注意到了她们。沿着湖畔圆形演艺广场自东往西延伸，在径直通往公园西门的甬道两侧，多种颜色的小蝴蝶花相互拥簇、掩映，紫色的，黄色的，红色的，拥挤着，欢笑着，汇织成一团团绚烂的云霞。在西门南侧高尔夫球小练习场边，沿着防护网，一种疑似野菊花的金黄小野花，在静静地开放，散发着淡淡的清香。从谷雨时节起，这些朴实无华的小花就在这里装扮着，曼舞着，欢唱着，给这植被稀疏、容易被人们遗忘的角落点缀着美丽，播撒着快乐。她们很顽强，直到今天，夏至临近，她们依然丰姿绰约，神采奕奕，没有丝毫凋谢的迹象。相形之下，在我所处的这栋洁净的小办公楼前门东侧的墙边，那一排明显被精心培养的牡丹，就显得生命极为短暂了。开春以来，我每周值一次夜班，平日偶尔也会来这里，可是我始终没有见到牡丹花那绚丽夺目的娇颜富态。前些时候，我曾专心察看过几个快要开放的花苞，那微微凸显、欲喷射而出的娇艳着实诱人、高傲、霸道而富贵。可是，不经意中，一场夏雨，她们已经花容失色，娇艳散落，而今只有已经褪色的花瓣服服帖帖地枯萎在高高突出的花蒂上，昭示着花后的败落与岁月的冷漠，在清凉的晨风中张扬着无奈的诉说。世态炎凉，原本如此，日月轮回，晨昏更替，春夏秋冬，演绎永恒。或许从远古到久远的未来都会是这样，那些朴素的不招惹的小花与娇贵的牡丹截然不同，她们生命力更为顽强，年年复开，历经数月而不衰。她们群居易发，团结拥簇，一个个弱小而平淡的生命联成一片，团为一锦，织成一角美丽而神奇的童话世界，给了我们关于朴质的最好的诠释。

> 夜闻馨香探窗扉，朝寻芳露踏花堤。
> 兰菊簇簇锦长在，牡丹凄凄无声泣。
> 世间难有富贵久，人生惜取素朴归。
> 莫嫌清瘦叶蒂弱，当崇淡雅蜂蝶稀。

离合期许在

树君云：炎炎夏日风，黎明清清雨。带露花颜笑，展叶树姿舞。想君在朝夕，情意铸词曲。淡雅了无迹，其实字字苦。梦里回故乡，牵藤结木瓜。永以为好也，珍爱留典故。忙碌着，快乐着，健康着，奉献着，坚持着，期许着，幸福着；钦佩着，问候着，挂念着，回忆着，憧憬着，爱恋着，祝福着。愚人6月16日夜记于津沽体院北。

之一

> 岁月易流逝，真情难忘怀。
> 莫怨伦理束，更负家庭债。
> 暮秋生春意，月色映阶台。
> 晨昏江山古，离合期许在。

之二

> 人生淡名利，酒色当远离。
> 珍惜情与爱，恬静度朝夕。
> 思心所欲思，为己所欲为。
> 平安健康重，圆梦话有期。

种菊在东篱

秋夜感慨人生，弄句与友人：此刻的你一定在想我，正如我想起亲爱的娇美的聪灵的你一样。那娇美温柔的外表似满架的牵牛花，攀爬依附却朴实无华。而若隐若现的气质里，透露出自负自立与坚强不屈，孤傲地俯视苍茫世界，让人景仰。从那一刻起，我就为你所折服，从此注定，你是我生命栖息的故乡。友人回应：茅屋结寒舍，执手小轩窗。月洒清辉澈，朗朗照乾坤。低语诉黎明，迟迟不肯眠。种菊在东篱，牵牛往西厢。

> 时光易流失，真情难忘怀。
>
> 聚散寻常事，悲欢付尘埃。
>
> 但求一知己，心灵无障碍。
>
> 种菊至终年，经霜自然开。

默然若花

　　树君爱花，诸如芦花、睡莲、丹桂、栀子花、木芙蓉，喜欢种种，种种喜欢。尤喜爱无名小野花，那些默默在沟间溪畔静静开放的小野花，喜欢那默然坚守，喜欢那朴实无华。愚人深蒙树君感染，致心语：喜欢你，亲爱的，淡淡的喜欢，真的喜欢，就像淡淡地喜欢木芙蓉，喜欢它那大气的粉红的笑脸；喜欢你，亲爱的，深深的喜欢，真的喜欢，就像默默地喜欢栀子花，喜欢它那温馨的洁白的花瓣；喜欢你，亲爱的，傻傻的喜欢，真的喜欢，就像痴痴地喜欢桂花香，喜欢它那醉心的清雅的醇甜。

> 曾以为
>
> 你只是清风一缕
>
> 荡漾满池秋水
>
> 曾以为
>
> 你只是一朵白云
>
> 在蓝天飘飞
>
> 曾以为
>
> 你只是一盏油灯
>
> 闪烁在我童年的梦里
>
> 真不知

你竟然
是我生命的全部情歌
镌刻在
我孤寂的魂灵

想

　　11月24日晨愚人致树君短信云：感恩曾经的美丽，你在我的生命中留下了那绚烂缤纷的永恒的梦。祝福美好的未来，南北迁徙的我，依旧淡演荣枯，默然栖守，数度天年。愿你一如吾愿，聪慧依然，青春永驻，天天开心，事事如意，家亲和睦，幸福安康。我已托曙光将无数快乐饼、开心果及幸福泉放在你的行囊中，还有童年画、青春曲、健康舞、公主裙、美丽花和不老茶，你触手可及。

想采一束栀子花
给美丽的你
让你青春的芬芳
永远洋溢

想摘一串葡萄
给勤劳的你
让你在酸酸的味道里
品悟甜蜜

想画一条林荫道
给聪慧的你
让你在静静的思索中
捡拾真谛

想开一家面包店
给天真的你

让你在神秘的香樟树下
缀挂好奇

想圆一帘紫梦
给善良的你
让你在我温暖的怀抱
幸福无比

樱花晨雨

时节近清明，游子远故亲。
日日思有为，年年度无声。
江川存依旧，园林衍永恒。
雨疾知花娇，风残见叶新。

朝花弄春

暮归撰文词海横，朝起踏思草坪青。
阳春风和笑满树，学子心漾目倾亭。
璀璨一现匆匆失，慷慨百鸣拳拳行。
莫怨天涯晴雨别，淡薄杏坛荣辱名。

春日赏樱花怀旧

曾感动于满树的樱花
不哀怨
那随风飘舞的脆弱
那落泪和泥的短暂
只为那如火如霞般
燃放的灿烂

曾沉思于漫峪的林涛

不伤悲

那伴月轻摇的寂寥

那低吟和泉的清闲

只为那如织如染般

久恒的繁衍

曾相约于遥远的昏晨

不懊悔

那拾理清洗的琐碎

那失落误解的责怨

只为那如花如涛般

生命的期许

晨游荷花池

花瓣泻满阳光的幸福，绿叶浸染快乐的味道。对强者志士而言，每个美丽的日子都很忙碌，每个忙碌的日子都很美丽。因为，幸福在事业中，快乐在我们的心里。

细草掩岸泉喷涌，清风戏波鱼影重。

竹间玉露润叶翠，墙外落花映阶红。

梦花溪

五一来临，感春人去老，拾句：谷雨山川秀，节假游客稠。亲情朝夕聚，人事远近休。年年忙碌过，静静生憾疚。祝福遥相递，丰足写春秋。树君语：曾经一见，惊鸿一瞥，一生已定，等侬在灯火阑珊处。暮色青青，雨落凄凉，来世为何，还求佛前共那花语。

分明昨夜期待中，栀子花香人相逢。
月色如水心相许，林涛漫亭歌随风。
美景佳人皆入梦，晨曦映窗镜台空。
当是起早勤作为，不负花溪醉数重。

湘水春夏发

山水隔不断思念，岁月冲不淡祝福。潜居湖湘故里，随四令迁移，任景物变换，然因美好的期待与真诚的问候存心中不变，常令自己兴致勃勃，激动不已。

湘水春夏发，山林朝暮秀。
沟壑隔不断，思念入梦幽。
玉兰花渐谢，栀子香满袖。
携君千年老，任物四令休。

寄语栀子花

印象中，栀子花树不会太高大，一两米高，洁白花朵点缀绿叶枝头，生就一种纯朴的高雅，加上香馨浓郁，着实惹人喜爱。

你是我童年的惊喜
是我孩提的欢乐
在春花凋零后的日子
你舒展着洁白的身躯
让我惊叹
清晨那一坳
静谧与娇美

你是我少年的印记
是我青春的幻想

在月色朦胧时的窗外

你散发着浓郁的芬芳

让我忘却

星夜那一怀

柔情和迷茫

你是我记忆的梦

是我痴真的向往

浓而不烈娇而不艳

你把清爽

笑在亭雨中

把神奇

影在山雾里

春色花意人年少

不知不觉就到了 2013 年春天，看到岳麓山到处春花浪漫，心里充满了无限的感慨和思念。紫荆花之绚丽，玉兰花之娇艳，樱桃花之妖娆，迎春花之朴雅，山茶花之淡丽，还有很多不知名的小野花，把江南的春天装扮得格外灿烂。或许是童年看惯了江南故乡的春花，而后来背井离乡、劳苦奔波，再也没有时间和精力眷顾，很多美好的春色花意都只能流淌在梦里，现在重新回到江南的怀抱，再细细品味，除了对岁月流逝的无尽伤感外，却也更生出对人生解读的美好。人生如花，如梦，如泉，如斯。虽然短暂，却可以如此芬芳，可以如此充满活力，可以如此娇美，如此绚丽，如此浪漫。花谢花落泪化泥，泉流泉息身入海。生命演变的脚步永不停歇，无法阻挡。我们唯一能做的，就是珍爱自己，珍爱生命，珍爱世界，积极进取，努力作为，尽我们之才智，尽我们之所能，永不放弃，让人生无悔，让信念永恒。因为，我们的心境已然四季如春。3 月 20 日记于山麓枫林。

之一

雨后更悟春林新，泉前细听百鸟鸣。
看花踏青幸乐事，晨离暮归怀梦成。

之二

春深尤喜雨后晴，人倦却烦窗前音。
风过樟叶纷纷落，鸟立枣枝簇簇新。

之三

杏坛不负春满园，稚语童笑火热天。
人生过往难再回，几曾嬉戏乐少年。

幽幽兰香

春将去，怀旧句，游故园。久凝樟翠棕茂，古亭残阶，蜓戏睡莲。待见草掩石绿，池涌泉欢，却伤兰花开默然，芬芳缕缕，不改颜。旧句系树君曾赐句：风冷冷，天清清，君在何处倚窗夜。但见佳人娇否，月隐后，微微晴阳树影斜。又云：晨风清凉意，吹落一树雨。恍若菩提下，相思念念无。可雯四月中旬记于星城。

岁月无声去，幽兰默然开。
芬芳浸满树，蜓蝶欢盈怀。
天年有尽时，祝福恒长在。
残阶同亭古，相携难复再。

绿

相信绿
才望到枫
染一坳火红

相信绿
才看到杏

46

铺一地金黄

相信绿
才嗅觉桂
飘一园清香

相信绿
才尝到果
留一口甜蜜

绿是种子的奶娘
是花的嫁衣
是生命的神奇

清明灵麓望

花叶嫩绿生荣欣，佳才痴情怨断魂。
千载书院千卷渡，一江轻雾一城春。

黄昏咏春色

熠熠烁烁夕阳斜，郁郁葱葱满春色。
白墙红柱依如昨，山径石阶多润泽。
桐花独伤芳早谢，樟香共幸翠晚得。
雨露何索欣荣时，病木惹怜枝自折。

予友梅君句

之一

隐隐疏影横，默默暗香生。
凌寒鸟啼绝，心空山雾青。

之二

日暖促春深，时久识言真。
不怨翠绿里，邀约葬落英。

麓居逸闲

谷雨时节泉流汤，灵麓山坳居晴阳。
枫林叶绽窗映绿，香樟花开屋满香。

春日晴阳好

清明节后香满枝，红柱亭前水溢池。
游人如织映山醉，鸟语若歌和泉痴。
古木难隐千年寺，青石铺就万言诗。
还是春日晴阳好，不伤残荷听雨时。

晴日望灵麓泛绿

阳光暖融融，草叶绿葱葱。争荣识时节，勤耕乐无穷。唯惜晴阳种，不忧霜雪封。成败身心外，评述名利中。被外来压力所扭曲的人，其实是不幸福的，无论这种扭曲，让他（她）变得多么富有，还是多么贫乏。为人，要不趋于世俗，不屈于权贵，倾力而为，无求于终。可雯于2014年4月28日上午记于枫林。

岁月易容去匆匆，晴阳彻照暖融融。
鸟语清脆韵无改，泉流腾跃乐依同。
栖息不思往日疼，门掩桃红锁梦中。
倚窗满眸柔柔绿，垂枝曼舞徐徐风。

山坳初夏晴

5月7日晨作《初夏晴照》句：晴照翠绿望重重，泉鸣深幽闻空空。身栖裛裛影丛外，心泊唧唧鸟曲中。后做改动，均不如意，聊以记录于此。

晴照翠绿映重重，泉鸣深幽闻空空。
身栖笼笼树影外，心泊唧唧鸟语中。

初夏画映居

银洁玉兰饰玲珑，金黄枇杷奏鸣钟。
翠竹摇来一窗梦，落花铺得满地红。

露

记忆中
你总是起早
你用透亮的躯身
映衬着
花叶的微笑
天际的曙光

不经意
你已无影踪
你曾停歇的地方
只留下
蜂蝶的旋律
果实的芬芳

不知晓
漫漫的夜空
你从何而降
只受用
你生命的滋润
你灵魂的绝唱

花

无论身栖何处
你都如期开放
不厌恶
被装扮娇艳奢华
不惧怕
被踩躏夭折残伤

蜂围你而唱
只为采粉酿蜜
蝶绕你而舞
只为品彩尝香
你总是迎风而笑
任雨水浸泡烈日烘烤

你是果实之母
却从不居功自傲
你是万蜜之源
却从不贪婪图报
你毕生尚洁唯美
直面荣衰悲欢

其实

你并非为了自己
你散发的
是世界的芬芳
你点缀的
是大地的美丽

和《六一有感》

儿童节收悉友人短句《六一有感》：傍花依柳六月间，云淡风轻近午天。又是一年将过半，低眉信首游方田。吾感叹友人专事治学，随和拙句回复。

风柔云远水天蓝，花明柳暗童颜欢。
年年月月人渐老，朝朝暮暮共采莲。

相思

什么时候
我才会
真正放弃
不再想你

我知道
想你
是一种痛苦
并非幸福

为什么
无意中
我们会把相思
种植在彼此的心地

51

没有阳光没有雨露

为什么依旧

密密麻麻

爬满心的枝头

难道相思

原本就是苦涩

难道爱恋

原本就是痛苦

如果约许

能深埋相思

我会终生守候

义无反顾

心境入冬情入梦

　　深夜树君忽发短信：秋已远去，冬已靠近。北风渐起，寒流涌动。岁月在变，心境入冬。愚人梦里回复：两个苦心人，一对小冤家。朝饮山风清，暮守月影斜。梦里听雨泣，醒来噙泪花。相遇结恩怨，断魂落天涯。得复句：梦里不是梦，君心同吾心？不敢相问与，梦去情已真。愚人于是搜肠刮肚，得词无数，任其紊乱，寄予树君：缘生长，长相思，思生情，情结爱，爱聚恨。恨至深，人断魂，真爱恒。天地遥，日月隔，相思远，梦难成，光阴逝，肝肠裂，离别恨。恨难删，灯伴月，淡心境，长相依，但无悔。思所思，恋所恋，依所依，爱所爱，心无邪。情真真，意切切，爱无痕，无掩饰，无纠结。乐清贫，傲权贵，善正直，思作为，务正业。师友益，知音稀，亲人密，勿厌世，贪欲绝。夜已深，周遭寂，两相诉，心相系，取无舍。道晚安，身相隔，情缠绵，心同栖，爱共眠，月如雪。未料及树君竟致言：死去但何妨，生已爱之切。不求连理枝，不过自欺人。无可逃避处，惟有泪沉沉。时光匆匆逝，万物皆有无。看过风雨雪，笑泯恩怨仇。读罢木然，随赋诗句，无眠直至凌晨起行。11 月 18 日愚人记于津沽。

之一

爱恋至真心澄明，守护到老情永生。

无求醉迷空期许，但得灵犀乐共鸣。

之二

冬日草枯愚人乏，梦里情浓遍野花。

如有奇缘长相守，当是归隐种南瓜。

之三

莫言轻生生亦轻，何惧情爱爱绝情。

吾生欲归归无路，君心有依依梦行。

之四

数望灵慧绝红尘，几回争闹爱恨生。

人间应无痴愚再，梦境执手恩爱永。

冬夜情思

我静静地躺在床上，想着树君，很感动。感怀，感恩；动心，动情。梦里，我曾无数次走近你；可现实中，怎奈何那千山万水！昏昏冥冥中，速成思情、思爱、思怒、思梦，以慰相思。梦里似曾低低语：其实我只是茫茫情海的一只孤独鸟，一不小心闯进你这片花香四溢、美丽神奇的开心岛。从此依偎眷念，渴望栖守终老。2010 年 11 月末日子夜愚人记于津。

之一

泉响空山静，林深栖鸟鸣。

心动触相思，凝眸多生情。

寒窗守月苦，梦境携手行。

百年知音遇，不负独戏蜓。

之二

真善本天成，猜疑因爱生。

磨砺知冷暖，居高识纵横。

莫言无归路，峡溪自奔腾。

爱恨一念间，海纳归永恒。

之三

惹君一发牵，才情飞满天。

嗔嗔责有道，劳劳怨无还。

几回若即离，悲绝堪伤言。

善孽莫分辨，姑迁前世缘。

之四

心静淡悲欢，岁久闲宅田。

日没余晖远，月起近窗前。

莺歌燕舞醉，花溪月竹圆。

麓山一枕梦，生死古难全。

夏晨歌舞

　　黎明时分曾短信树君：想牵着你的手，看清风轻轻拂过翠绿，听草虫在池塘堤岸自语地歌。近黄昏也曾短信邀约：天蓝风清园草新，犬懒人闲雏鸟鸣。正是散步好季节，相约树君戏黄昏。树君应句：你似云霞，飘在远远的天边。灿烂绚丽的燃烧，成就热血沸腾的青春；我只是一方弱竹，藏匿幽幽深谷。听山雨松涛无语，看日出月落寂寥。读着树君句，很感慨，也很感动，其实很想对树君说：我愿化作轻雾，萦绕你身边；我愿化作细雨，滋润你心田。

无忧的草

痴心忘情地舞

摇走了

春的光影

无虑的鸟
随心所欲地歌
击破了
晨的清凉

就在这初夏时节
我多想
如草如风
为你而舞

就在这清新早晨
我多想
若鸟若云
为你而歌

守诺静夜时

树君有句：茫茫人海遇君缘，回眸一笑往事迁。为爱担当情至真，守诺无悔梦方圆。寂寞今宵思静静，魂系南北心暖暖。更得吾君佳句多，细品江川春无限。

逢君不觉世尘茫，别时更信鹦洲苍。
但求一夕厮守共，寒窗映月涤凄惶。

难得老少童真颜

树君云：岁月不可追，如逝水流年。生命诚可贵，皆因真爱存。老翁稚子笑，童心绽花颜。执手会心看，全家老少欢。愚人回赠句：真实的生活，平淡的人生，朴质的幸福。偶尔的叛逆，刻意的放任，另类的轻松。淡淡的相思，默默的期许，静静的流逝。久久的倾慕，深深的依恋，拳拳的祝福。2011 年儿童节夜于津。

之一

难得老少童真颜，最是朝夕伦膝欢。

人生匆促春江水，亲爱恩融怡天年。

之二

半夜相思半夜眠，一枕梦呓一枕欢。

来日得与树君守，执手永结不复还。

晨和新句醉

端午节后，树君曾采撷众多新句相赠。一如：人生几何风雨，夏转秋凉，听彻黎明。鸟缠树鸣痴情语，无奈飞无度，数落花数重。又如：山高水长，亘古琴瑟，知音难觅。思念成点，断云为锦，月光为线，织就真爱文章，光耀天地，辉增乾坤，昭昭吾心，灿灿侬情。愚人动情联句以和，真可谓：岁月荏苒人渐老，痴怀难释情永存。树君悉知附和云：晨和新词醉，晚把相思盏。最爱君两句，静栖侬依依。

之一

人生几何风雨，夏转秋凉，听彻黎明。

鸟缠树鸣痴情语，无奈飞无度，数落花数重。

庭院无数春秋，晨揭夜幕，落尽凄寞。

草摇蝶舞耕耘曲，怎堪织有年，难得爱永共。

之二

山高水长，亘古琴瑟，知音难觅。

思念成点，断云为锦，月光为线，织就真爱文章，

光耀天地，辉增乾坤，昭昭吾心，灿灿侬情。

海阔石坚，风雨扁舟，渡缘珍修。

志趣为风，品德立舵，才情造帆，开辟生命航程，

尘封往昔，霞染未来，依依爱岛，静静泊栖。

子夜思君共眠时

子夜与树君缠绵语，更觉难断相思，随弄新句：夏渐深，相思甚，情寄远处，朝夕问。又错过黄昏，夜幕垂合，阴霾密布，人乏困。心已结，相知尽，爱归断魂，生死凭。纵尘封期许，孤枕残帘，寒窗望月，梦犹存。

思君共眠处，又至子夜时。
戏言月窥探，难掩一怀痴。
岁月无情水，伊人彼岸滞。
堪伤林丛鸟，栖息连理枝。

晨诉

树君九月十五日卯时传语：晓风微明曦，月落日光晨。听得鸟啼脆，似闻桂又香。寻遍江山阔，不见君身影。原在耳畔笑，相对两欢欣。

光阴荏苒逝，挚爱情怀真。
无怨逢遇晚，慕君品德馨。
相思在子夜，相思在黎明。
生命曾期许，记忆依稀清。
荷新白洋淀，难共锦都城。
此身为君守，朝夕望霞云。
君在千里外，君在愚人心。

天涯炽爱积

春光渐淡，淡过客，客主潮流，流尽浊浮皆为春。
真情犹浓，浓窗梦，梦醒怨恨，恨却花影疑似真。

人生终归栖，不负志万里。
少青多拼搏，中老不言弃。
莫怨相逢晚，感恩执手依。
遥遥创业路，彻彻同心奇。
悲欢自有时，私语窗月西。
海角愁云散，天涯炽爱积。

第二篇 **02**

| 溪林听雨 |

微微黎明光，缕缕相思扬。幽幽枫林翠，暗暗草叶香。
清清泉流淌，弯弯石径荒。浙浙山雨细，滴滴落断肠。

听雨

用心听，心长在，无及与不及，此乃知音。

漆黑的夜

远去的岁月

带走了爱

与激情的梦

只留下凄苦的心

孤守着无奈

与懒惰

窗外

依旧是

那熟悉的

滋润心田的

雨

相约林丛路

春日里，感慨于树君心语：梦里几回见，醒来皆为空。情淡心最伤，何忍责君恐。生亦如水逝，隔岸人朦胧。失当孤绝立，聚与不聚同。绝情生死忘，无欲天地容。四月十七日晨，又传树君语：昨夜星辰落，今宵一剪雨。时节气象变，朝暮亦不顾。看风尘依旧，各自奔波苦。怜取西窗月，夜守伤心烛。落红满地泪，不忍明晨拂。读罢很是动情，于是传心语相约：等到度假或退休，我们去乡下住，打发山中岁月。那里有花，有溪，有月，有竹，更有蓝蓝的天，绵绵的云，融融的阳光，清新的山风……鸟语，蝉鸣，暮雨，朝霞……我们牵手，在大自然深处，踏落叶厚积的林丛小路，听沟谷山岩上泉水叮咚……

之一

寻思才女难斗量，怜惜春宵自仿惶。

岁月无情恬缓急，天地有缘藏夕阳。

几曾期许度春光，通宵共枕诉衷肠。

莫怨孤栖西山寂，当有万点烛映窗。

之二

知音知己不俗同，相亲相爱暖心中。

人生情爱寻常事，怎了家亲千万重。

莫伤池冷容颜老，长淡离苦缠绵空。

但愿天涯存期许，梦里执手饮清风。

雨水偶吟

　　雨水时节逢雨水，更生相思情，于是发友人碎语：拥健康之体，怀美丽之心，享天伦之乐，惜纯真之情，立家国之志，献无私之爱，圆青春之梦，做智慧之人。不为物喜，不以己悲。不屈于权贵，不辱于财富，不弃于困境，不淡于安逸。心有所往，情有所依，事有所为，魂有所归，生而无怨，逝而无悔。友人回复：阴晴无定春来早，朝起春风吹落雨。含苞待放花心许，不料枝头寒依旧。又云：天涯人隔不相逢，老去红颜会有时。春来早时去亦早，匆匆一场花满地。读罢生惆怅，发句安慰：世间自有真情在，无使仇嫉自伤心。

之一

津城又见风雪归，湖岸欲眠枯条萎。

谁言雨水送春至，天色苍茫孤亭危。

之二

夜里听雨几人闻，心境静寂数蛙声。

莫问情种何生苦，应怜知音无缘行。

之三

天涯梦欢声声滴，倚窗相思行行泪。

早春雪飞人易醉，何日执手相与归。

之四

春去春来年年归，盼朝盼暮人憔悴。

不怨尘世相思苦，终得桃园共枕醉。

听雨散梦

立春无语闲禾帘，聆听房檐雨滴稠。

促膝对眸本无泪，只因仔肩人生秋。

几多相知终相离，盏尽灯灭恨千古。

半帘随风卷飘落，一梦牵手散万愁。

梦里依断魂

　　谷雨时节，夜晚谢树君指点工作，得复句：夜深人静却思量，怜我孤独君何在。黄昏守到月无影，迎来阵雨更戚戚。但赞风雨泽万物，怎一个谢字了得。

之一

近暮雨纷纷，远川雾沉沉。

劳劳依依昨，思思念念今。

匆匆伊人去，缓缓幽梦临。

离合本无怨，怎堪情痴深。

之二

儿幼家弱贫，人衰情悚生。

子夜思君泪，独咽洒黎明。

不怨潇湘雨，无悔麓山云。

日暮斩相思，梦里依断魂。

之三

夜雨淅沥沥，思念点滴滴。

缕缕清梦绕，绵绵卧枕低。

荷灯璨熠熠，苇荡今何夕。

匆匆人生旅，与君长依依。

之四

清清雨滴滴，煦煦风细细。

草叶焕绿嫩，江水偎岸堤。

岁月本无尽，知音心相惜。

中年志疏远，人生风浪里。

深夜予树君

5月4日下半夜心语：窗外雨声急，阵阵催人起。伊人千里外，昨夜又哭泣。仔肩独承担，恩怨自责备。苦难逆蒙受，志坚尤可畏。吾生多磨劫，虚度近天命。当惜遇君缘，亲爱永不弃。此心莫言苦，此情无它归。此信与君结，此爱不可摧。窗外雨声起，阵阵催人急。树君回复短信云：深夜思君多不眠，晨起无力心事重。但听风雨送春归，何处得觅花影踪。无奈千里天涯远，廊间轻语诉衷肠。感天动地意相通，不忍伤却情意真。

情缠子夜语悲戚，人隔天涯思飞急。

立夏在望春欲尽，伤心无解梦魂泣。

天经为爱无怨悔，地义尽责不言弃。

千难万险共担当，一诺九鼎写神奇。

生你才智当展用，孕我志气必成器。

朝盼暮守心如玉，同存共逝坚不催。

雨夜

黑夜

寒冷

风雨中

那残存的叶

画家的爱

拯救的

不是病者的生命

而是

人类的魂灵

多少次

这样的雨

这样的夜

没有你

我的心

在萎缩

我的意志

在退却

我的生命

在碎裂

你的出现

正是那片叶

它用爱

把勇敢的信念

与奉献

坚定地烙印在

黎明前

那片

无法阻挡的

世界

怀星城旧事

寻青南郊，拾绿橘洲，默然栖守，候得麓山枫叶红。

曾几何时，长堤踏月，驿动星城驱彷徨，草影清风江涛涌。

雨淋容颜，雾绕窗梦，心不服老，戏荷采莲曲正浓。

茫茫人海，芸芸众生，朝暮寻觅千百度，不知今夕君何处。

秋夜联句

还是这寂静的夜，心里，莫名的痛。从来不去想经历过多少，过去的已经永远过去，无论悲欢，无论荣辱。也不敢期许明天能给予你什么，不是不愿意，不是不想，只是怕落空，我知道未来永远只是未知数。而现在，我却在那个离你遥远的世界，伤着你，疼着你，让你和我一样备受煎熬。为什么，人总是会被缠着，被绑着，千丝万缕，惦念，牵挂，不解的结。为什么，爱，让人痴，让人狂，让人憧憬，让人心动，让人魂牵梦绕，让人无法抗拒！其实，爱，只是一杯被挤榨的青涩，只是一道撕裂的痛。

之一

寻寻觅觅，沉沉浮浮，忙忙碌碌，已然忘却孤与苦。

情裹爱，云缠雾。遗怨恨，归尘土。

人生坎坷多迷茫，听雨曾落惆怅处。

惆惆怅怅，思思念念，朝朝暮暮，默然无息挑灯读。

传愿志，映窗烛。守月梦，光阴促。

秋风不解寒蝉意，直教层林染霜露。

之二

秋复至，夏伤淡，落尽梧桐霜枫现。

蝉意寒，悲无眠，相思无数掩万卷。

南国远，北望寒，遍染江洲夕阳残。

夜幕垂，灯许愿，何年执手伴阑珊。

无题

含辛茹苦扶老幼，奔南赴北染春秋。
但得清雨休闲日，仰望山林俯身锄。

麓山秋雨

秋来果沉枣枝倾，雁往草萎江堤平。
人思岁月惆怅在，雨浸麓山更多情。

园中树

　　湖大附小坐落岳麓山脚下，与岳麓书院隔南大门相毗邻。校园中古木参天，香樟、银杏、拐枣、梧桐、枫树、栎树等，争容竞寿，可谓景色秀丽。真难得在人流熙熙攘攘、车声鼎沸的星城，还有这般幽静之所，唯学童们朗朗读书声和稚嫩的嬉笑声常常给这片净土带来生机与活力。校园后零星散落的低矮的砖瓦平房，很容易把人带去那已经遥远的、物质贫乏、生活艰辛的年代，带进来让人心酸的回忆。立于校舍前，眺望湘江，生黄泛绿的橘子洲头遮掩了湘江的汤汤森森，不见百舸争流，不见浪遏飞舟，岁月好像在这里停了下来。

之一
古木覆阶池，苔绿漫干枝。
饮风叶戏舞，浴光影弄诗。
弦歌群峰低，江水一洲滞。
学童新老替，春秋唯自知。
之二
老宅旧墙倚，石径新人稀。
晌午窗页开，犹见院扉闭。

秋深蝉啼悲，林幽寒凉起。

夜风忽来袭，金黄铺满地。

散学时分偶作

之一

清雨带凉衣衫厚，江水涨溢游客疏。

谁解江南山色秀，枫叶犹翠不见秋。

之二

钟唱山洼黄昏催，笑荡校园细雨飞。

父母盼望铁栏外，学童嬉闹不思归。

增岁自嘲

愿我如大山一般沉稳，你如山岩那般坚强。风吹雨洗会把我们的皮毛扬为尘埃，但盘剥从来不会让我们屈服与离弃；霜染雪埋会使我们的躯身千疮百孔，但浸蚀永远改变不了我们的本色与意愿。我们会一直驻守在属于我们的世界：立拄大地，观花红草绿；顶擎天穹，望霞淡云远。我们默然守护，随时光流转，任沧海桑田。

春望杨絮梦魂飞，夏观绿荷衣衫肥。

秋吮桂霜芬芳溢，冬卧梅雪月色微。

物景四时多迁随，人情千年少谦卑。

南北冷暖朝夕共，东西荣辱晴雨归。

寒晨独听雨

时近立冬，江南转寒。更逢夜雨连晨，使得暮秋凉透。树君外出讲学，一日辗转数地，甚为辛劳，定是孤栖难眠，子夜竟然传语：窗外雨声数点，夜深人愁秋寒。不知愚人梦里，相约谁与笑欢。南北奔波忙碌，但祈早遂心愿。执手相伴无猜，嬉撒满怀甘甜。又云：最是离别苦，秋风入雨寒。客居他乡遥，相思唯寄言。惆怅烟波渺，梦断起茫然。细听梧桐语，叶落犹缠绵。凌晨读罢，怦然心动，摘句回赠，以慰离情。待天明，树君当是细品，又传语：梦里笑却空巢理，晨雨急促踏青依。更那空阶听泉久，怎堪相思长相忆。2013 年 11 月 2 日愚人记于麓山枫林。

之一

昨夜入眠早，君在梦中笑。

牵手暖香握，甜美醉魂销。

更有娇嗔语，愁煞大小乔。

何言同在梦，寅起理空巢。

之二

寒雨晨来急，似怨久别离。

点点直击落，声声催人起。

推窗望林幽，暗掩树影依。

踏青君忆否，听泉长相忆。

之三

一坳风雨紧，千树寒气升。

渺茫远江眺，寂寥近窗横。

山亭空有情，石阶默无声。

晴暖会有时，相执与同行。

寒彻不眠

之一

相思何日生，迷情今夕横。

衣悬一室空，君去万里程。

之二

昼阴云低沉，野旷径延伸。

立顶周遭寂，独赏菜地青。

之三

夜幕裹离恨，梦枕落销魂。
弱弱帘缝光，隐隐风雨声。

雨声锁寒窗

岁月飞逝竟事成，情爱滞怀闲愁生。
晴阳映翠不复在，唯闻窗外寒雨声。

雨窗寄望

之一

江雾茫茫水舟平，春雨绵绵芽嫩生。
不怨室内寒犹在，待晴墙外香自清。

之二

三月寒袭芽苞零，一弯林寂雾气生。
江水浮涨茫然处，早春含羞尤多情。

春漾雨歇后

古木染霞红，鸣泉响山空。
苔绿漫细石，径曲幽数重。
枝条秀新荣，朝雨去亦匆。
君闻鸟声脆，不与去年同。

望清明听雨

　　长沙的天气早已变暖。这些天晴雨交替，雨水可谓充沛。湘江的水涨了，橘子洲的草青了，岳麓山的树绿了，山茶花、迎春花、广玉兰、杜鹃花，开了一茬又一茬，在清明临近的时候，走进大自然中，看缤纷落英，听潺潺鸣泉，心中少不了一番又一番的感慨。

淅淅沥沥春雨袭，团团簇簇花叶密。
君言嫩绿唯此时，安知江流光阴急。
幸得应和闻鸟啼，同沐林幽随影栖。
自知离别奔波苦，不负华年才志奇。

夜泊枫林

一朝离别千日伤，伤别惹得相思横。如问相思知不知，莫在春深折枝时。请告诉你痴心相恋的爱人吧，相思像亭前新长的枫叶，嫩嫩的，绿绿的，满满的；相思像池畔新栽的柳条，柔柔的，细细的，长长的；相思像路边钻出的草芽，青青的，湿湿的，脆脆的；相思像窗外嘀嗒的雨声，久久的，轻轻的，密密的。2014年3月28日晨可雯记于山麓枫林。

之一
朝辞枫林醉春娇，午越黄沙染萧条。
莫闻笛声夕阳事，定伤西域古道劳。
黄昏不见西窗邀，夜深风影涌如潮。
怎堪江南青绿好，孤泊山麓相思遥。

之二
独宿灵麓牵梦萦，窗映枫林一夜声。
人生自有相知在，逢遇早迟缘注定。
花娇无语往事况，默然坚守爱至真。
春雨如织缕缕下，纵然无情亦生情。

雨约春晴

世间唯美江南春，潇湘多雨人多情。
山花烂漫新绿翠，江洲如洗水天平。
更有枫林藏幽深，石穿峡谷泉和鸣。
但约雨歇映晴日，衣袂飘飘踏郊青。

摘句麓山晴

丛林幽径多鸟鸣，花香深处闻泉声。临近清明，树君自金城传句：风洗晨衣天光晓，枝头欢唱鸟鸣叫。遥想江南春雨声，近看新芽柳树梢。旋即又云：塞北异江南，春迟草木浅。人说塞外苦，不知离人酸。分别在前日，却比三秋远。鸟语不再闻，定是飞江南。愚人感其情真意切，享明媚春光，摘句和韵，是谓：人生有相知，逢遇无早迟。如花无声语，幸福已极致。

昨夜狂风暴雨嚎，今朝春光晴阳照。
举目朗朗蓝天蔚，倚窗青青麓山高。
柔嫩滴翠樟枫好，绚烂怒放杜鹃娇。
游客汇聚如云织，百鸟欢喜闹喧嚣。

春夜孤栖枫林雨

清明近，兼程驱，扬尘尽掩劳劳旅。
不怨离合，朝思暮虑，任箪食褴褛，
　　　生生不息业自举。

枫林居，清风徐，泉声更浓翠翠绿。
樟枫不愚，情恩如缕，春宵昏然睡，
　　　轻轻雾帐零星雨。

盼归

人闲春正深，期许踏春行。
怎堪那淅沥清雨，锁星城。
满眸花落泪。
谁与共，伤飘零，又近晌午时分。

君去陋舍静，起居默无声。

不闻那窗外鸟语，任唱鸣。

望山川归隐。

云雾罩，雨犹紧，更忧佳人归程。

为人为石

沟壑交错岩石横，晴雨交替苔藓生。

山巅水湄皆着落，巨柱细砾各有成。

当幸劈凿充器皿，不怨焚烧化灰尘。

莫怪岩多真玉少，石铺正道福音存。

夜思端阳

之一

梦淡山色隐旅居，情浓江雾裏沉屈。

心里彷徨缕缕寒，窗外仿若渐渐雨。

之二

人生旅劳多蒙尘，世间炎凉少温情。

长啸一声苍天问，留得千载骚客心。

孤栖枫林夜

五月多雨人多情，半夜无眠枕无声。

期许一生共一梦，怎堪千里望千町。

隔帘光微见树影，近山林寂闻泉鸣。

莫伤孤栖月残时，自有痴心天涯行。

不可预期

生命
有太多不可预期
从刚刚孕育的
那一刻起
便踏上
无知无归的路程

有人
或撑着
强健美丽的躯身
却癒着一颗
脆弱暗淡的
心灵

有人
或拖着
残弱伤痛的躯体
却拥着一怀
永不磨灭的
斗志

教育
有太多不可预期
变换着的色彩世界
包裹着人性里
难解难束的
秘密

情感
有太多不可预期
恒固的信念与理智
并不能彻底征服
无止无休的
念欲

事业
有太多不可预期
坚硬的石头
或是绊脚的障碍
也可铺就登高的
台阶

强者
不等待机遇
不悲怆于命运
不可预期
潜着的是成败
两种可能

人生
并不会屈从天命
它有太多的不可预期
只有走完了
才知道最终的
定局

夏夜盼归

夜幕黑黑漆，弱婴隐隐啼。

灯洒黄黄影，营号催催息。

草虫喃喃稀，临窗千千回。

树君劳劳苦，携尘迟迟归。

夜泊山林

新愁热泪伤无痕，故人旧事梦有声。

紧紧疏疏山风起，断断续续枣落停。

心思切

匆匆忙忙岁月虚，朝朝暮暮枫林居。

昏昏沉沉心思切，翘翘望望身甘屈。

隐隐约约山雾细，牵牵依依手执许。

远远近近君何在，淅淅沥沥无边雨。

梦影有无痕

我们一起栖息丛林听风声雨声，我们一起漫步海滩望潮起潮落，我们一起研习教育让人生无悔，我们一起咀嚼文字让心灵远行……晨曦，朝露，暮霭，夜月，船号，鸟鸣，市鼓，寺钟……若静，若动，若有，若无……

之一

子夜思君听月明，千里传讯巢鸟惊。

披衣梦游拭烛泪，苍天莫负苦心人。

之二

谈笑经纬淡浮华，踏足山川勤国家。
茅屋相依不弃老，花溪延年影云霞。

暮雨桂韵

峪静雾轻幽数重，径曲影瘦院半空。
月本无情桂魄隐，木亦有心灵犀通。
暮暮思为志趣共，岁岁自珍绿意浓。
雨抑暗香清韵在，霜染鬓发韬略雄。

雨梦岳麓重游

树君曾言：相见欢，执手亲，又到秋深花叶红。畅所言，谈兴浓，风雨与共不畏难。信念艰，意已决，只争朝夕奋发强。回首时，相对笑，云卷云舒尘埃忘。

冬雨清寒丛林幽，店扉紧锁过客疏。
执手共伞笑语落，云缭雾绕烦恼休。
茶花惊艳不惧寒，枫叶覆泥掩哀愁。
莫道人生尽劳苦，浸泽山色心境悠。

苦夜

秋意藏羞燥热滞，夜幕无声月满枝。
人去蝉歇枫林寂，帘落窗闲入梦迟。
缘深缘浅惜相知，静乐静怨唯心是。
离别不忍苦悲泪，只因情缠到伤痴。

凉晨

风细叶柔山居低，蝉歌鸟啼岁月急。
昨夜梦里相执手，生惹今晨恨别离。
百事案头心生乱，一怀忧怨作为稀。
绵情坚志尘封久，蜜语豪言自奋蹄。

贺中秋

中秋节友人问，中年为何又忘情琼瑶？岁月洗涤、消磨着人的斗志，诱人贪图安逸，人到中年或许真的心态已老，大多会随遇而安吧。在愚人看来，琼瑶系美玉，系情物，人到中年应"闭"心"锁"意，还是淡忘了好。故有"安好莫如人事淡，康宁不问桃李娇"之句。其实"心态老"非老，是成熟，是知天命，"随遇而安"才是人到中年后难得的上佳境界。

中年忘情锁琼瑶，秋风善解上眉梢。
快了青春顺天命，乐得清静栖地劳。
幸随雏菊朝含笑，福潜残荷夜闻箫。
安好莫如人事淡，康宁不问桃李娇。

睹盆中卉有感

青青盆中卉，朝朝乐与悲。
乐其喂养足，悲其根土微。
仰慕窗外葵，戏蝶影丛飞。
同是一颗种，生发殊盈亏。

麓山听夜

夜幕闭窗影，秋意挟风绫。
喧嚣随尘落，尽闻林涛声。

近暮思

云铺千级梯，风摇万杆旗。
黄昏思漫步，孤影隔樊篱。
朝朝眺江堤，暮暮聆蝉啼。
秋寒草木凉，心静悲怨稀。

入学苑见闻

　　清晨来到校园的时候，见到一园欢快景象，于是有句：晴暖照，鸟枝跳。学童跑，校园闹。品稚趣，会心笑。问一声，师生早！及至黄昏复至，却是另外一番景象。幽静的校园藏匿在深秋里，让人感到三分落寞。虽然那数历沧桑的古树、撒落着黄叶的台阶、半现的楼舍、映着太阳余晖的天光纵生人无限的向往，但清静的校园给人更多的却是失落。或许这里本该就是欢乐的天堂，即使放学时有片刻的喧嚣与热闹，但依然让人感到心生凄凉，夕不复晨。

天光映衬楼影重，古木挤压阶台拥。
入园无闻弦歌美，散学尽见欢乐童。

晨思伴秋浓

　　白露过，秋分近。天渐凉，寒气升。衣被暖，御寒侵。饮食调，人康宁。事业重，重养生。人生珍，珍三情。晨风起，天色沉。寄问候，传福音。可雯记于九月下旬。

79

晨老不见云天淡，年深独留枫林闲。

但愿亲友少忙碌，品桂赏心多聚欢。

午安

入夜曾临摹摘句：问君归期不知期，又近暮色掌灯时。山色迷茫人声促，莫怨芙蓉笑迎迟。树君有语回应：生命虽不再，真爱有灵迹。天远山影寂，秋寒虫鸣细。回眸无尽意，知音有会期。数遍梧叶诗，片片为君题。翌晨记"起清晨，周遭静。看峰岭，秋意横。听枫林，稀鸟音。人生短，少远行"之句。及至晌午复品树君佳句，仍思绪绵绵，怅惘不已。于是寄午安句，聊以心慰。

寻寻觅觅过客匆，忙忙碌碌秋意浓。

无求锦衣冠雁塔，但得晌午汤一盅。

晴暖暮巢

天净峰远飞鸟高，泉细虫躁弦歌遥。

秋深犹须人闲事，林幽亦得晴暖巢。

道

真理是天道，是宇宙最高之道。唯真至上，世上一切，皆应崇尚真理、追求真理、坚持真理、宣扬真理。勤勉是地道，一分耕耘，一分收获。普天之下，皆应勤劳、勤奋、勤力、勤勉。慈善是人道，人世间唯善能行远。芸芸众生，皆应尚善、向善、友善、和善、乐善、行善。爱是阳光，是甘霖，是空气，是土壤。爱是哺育生命、坚定信念、提升勇气、消除隔阂、感化心灵、凝聚心力的源与缘。世间万灵，皆应珍惜生命、弘扬真善、和亲睦邻、永泊爱心，应秉公道、循地道、守善道、施爱道、行正道。有道是，日月恒驰，道道无休；发愤图强，生生不息。是谓天道持真，地道酬勤，人道恩善，爱道众生。

鱼水游弋鸟林飞，生灵自有巢窝回。
匆匆悠悠异何在，毋使痛悔嵌魂归。
不疑天地本真恢，自持勤善心无愧。
人生难得一道至，焉知无道蹄自摧。

如木人生

郁郁葱葱山色翠，沉沉甸甸拐枣堆。
朝暮经由不觉异，时久方知物景移。
忙忙碌碌自陶醉，纹纹皱皱暗相随。
生命无声乾坤小，成败有缘功勋微。

早品人生

昨晚登山归来，途径老年大学，又闻歌音震响，舞姿绰绰，隐隐若现。早些时候，初见老人们深夜贪欢，曾心生厌恶，但久而久之，也就习以为常，不再纠结，不再心烦了。近来吾常思品人生，不觉为己曾经的烦忧与厌恶而懊悔。忖度人生，人各有志，人各有为，时日匆匆，各享其乐，各了其愿，乃天经地义，为何要心生厌恶呢？即使噪音生扰，但老人们历经风雨、阅尽沧桑，他们或许为国为家曾长期忍辱负重，劳体费心，夜以继日，吃尽苦头，及至垂暮之年，放纵一下，享享清福，又有什么不可以呢？人啊，各安其命，各行其程吧。双十日可雯记于麓山枫林。

后窗山色披金纶，前檐枣枝闻鸟音。
分明昨夜歌舞闹，怎堪今晨人迹遁。
净心著述浮尘远，安身立言残荷清。
梦里君行屐带笑，华城车流漂隐声。

深秋的想象

如果你是墙角的一棵草
我相信你的根下
有一抔土
而且坚信
你对阳光的向往与追求
我喜欢你的沉默
愿与你栖守

如果你是丛林的一节枝
我相信你的末梢
有一滴露
而且坚信
你对春天的憧憬与追求
我喜欢你的丰姿
愿与你共舞

如果你是房前的那只鸟
我相信你的心里
有一首歌
而且坚信
你对自由的热爱与追求
我喜欢你的清音
愿与你和鸣

悉津变故而作

或许没有人留意我南寻的举动，但我自己却牵故挂旧，思虑优柔，顾亲念情，常悲悲戚戚，无痛生痒。每逢夕阳西照，伫立北望，更叹往事历历，人影绰绰，长萦于梦，无法释怀。扪心问，确实鲜有人知我"思为无为"之痛楚，今虽然知悉变故，但或许只是表象而已，况且岁月蹉跎，江川唯余晖映照。

余辉映照山雾轻，晴意徜徉天空平。
北望常思断往事，南寻始觉启新程。
骄奢难保名节清，功过终有世人评。
草虫不知丛林寒，深秋自在残叶鸣。

丛林里

在轻轻摇曳的
树枝头
在深深埋藏的
草泥里
岁月在流失
或冷或暖
智慧在积留
亦盈亦灵

小草说
绿儿累了
要暂时离去
知了说
生命还会继续
只要有歌
她们似乎相信丛林的话
离去只是秋的传说

盼归向晚

向晚曾自语：清雨夹清寒，雾气满雾天。近暮何所思，思君早归还。

台高亭近晚，林密天光暗。
叶枯秋风紧，衣单山气寒。
向晚虫鸣歇，雨稀泉流断。
蛰伏岁月深，自醉不知年。
登台倚墙眺，望江相思远。
园静窗枝舞，门锁人空闲。
盼切双眸穿，悉彻心无怨。
绰绰灯影重，翩翩伊人还。

山色出晨秀

秀色秋风画，温存知音寻。人生贵明志，不负人早行。晨钟暮鼓淡，云稀天空青。对视嫣然笑，无语早多情。树君云：南北小天，祸福无常，晴雨共度；朝暮微年，人生无复，但与相携。冬去春来，夏往秋驻，花开花落，泉鸣泉歇，四时美好，相濡以沫。仰芙蓉，闻丹桂，捧杜鹃，喜广玉兰素，爱栀子花纯，低语呢喃，泯然一笑，如水岁月，如花人生。此生因君长，今生为君欢。花姣窗檐不嫌近，月明山川不弃远。静心著述，安身立言，何其美哉！

稚嫩不惧秋，夜雨新叶留。
枣熟落丛草，枫红燃山沟。
鸟鸣荡清幽，山色出晨秀。
南寻无萧条，北望有志酬。

山思

一次次面对
你总是淡定如初
风刮过
不伤草折叶落
雨洗过
不悲土失岩破
炎炎烈日
助燃你生发的热情
冷冷冰霜
加固你坚守的沉默
沉思里
看一次次日出日暮
照出你坚实的身影
期待中
听一次次鸟鸣鸟歇
唱出你永恒的恋歌

寒冬予叹息友君

　　雨来寒袭，心牵被衣。午时人乏，愿得小憩。冬深春望，冷暖相惜。桂香君爱，吾长予矣。

世事原本多维艰，唯有自信方绽颜。
纵然退隐亦归好，朝暮相携桂植园。
看日赏月山川静，谈古论今尘埃远。
长伴不闻风雨过，破舍情遗天地间。

冬晨寄思

晴阳虽好，难抵冬寒。岁末年首，人忙事繁。山川静美，心境恬安。千声珍重，一如吾愿。

晨驱花梦暖，冬至小屋寒。
临窗思人近，隔峰望云远。
昔忆仙裳落，今悉神女还。
泉隐细石里，鸟鸣枫林间。

无题

雾霾迎帆掩八方，手握舵盘掌行航。思君南下多善感，冥想北归心意长。海天一色迷人眼，千礁万里处处防。几世修得钢筋骨，莫替古人落忧伤。冬日旧友遣句似有劝意，虽感无以回复，但其拳拳至诚之心截然在镜，于是写随笔《无题》，无复为复。

不知回复即为复，无求有为即是为。
人生彷徨寻常事，六欲五味心尽知。
纵然污泥出清爽，也得低诉残荷诗。
闹市自有清幽处，生灵殊同不归时。

岁末感言

不知不觉一年又过去了，好在还有传统的年节勾住人们的回忆、留念和幻想，让人觉得还没到尽头，新年还没有真正开始。在华夏未来的时候，每年的12月1日是新的一年的开始，经历了近十个那样的工作年，倒也觉得很好。回想起来，人啊，的确要早行，要先行，要远行，而且要常常反思，年年盘点，要有人生的方向。人生无常，一切都难以预测，所以我们不必固执地设定自己人生的终点，不苛求自己必须走多远。我们需要的，只是明确而坚定的方向，只是永不放弃的默然前行。只有这样，我们才能以勤克惰，才能依靠自己强大的内生力驱散悲观失望，才能振作起来，信心满满地、坦然地走向未来。

　　贫富人生始于欢，名利业途终在难。
　　清茗沉沉香自溢，妖媚啼笑惑众颜。
　　劳作莫嫌重复繁，真善长存天地间。
　　且行且知坦荡荡，亦勤亦慧涌潺潺。

新岁寄语当比邻

　　时光的脚步匆匆忙忙，新年的钟声即将敲响。我在或许遥远的地方，恭祝您快乐幸福安康！新旧更替之际，摘句问候亲友云：又是一年去匆匆，记忆不与儿时同。贫寒茅屋生热闹，富贵庭院锁闲空。长年颠沛仰枭雄，环宇流离饮清风。人生无语行即是，天道有情缘为终。乖女和句：贫富人生同始终，名利皆起贪嗔纵。诸法空相茗非茗，空中无色谁眼胧。无志无德亦无恐，颠倒梦想患何荣。三世诸佛行深时，菩提明镜坐禅功。2014年12月31日夜可雯记于枫林。

　　人生惭言事有成，聚散随缘知感恩。
　　晴春不喜草木翠，霜秋无悲鱼雁沉。
　　南迁北徙山川横，斗转星移日月新。
　　年末岁首思何是，寄语传福当比邻。

屋顶槌球场

　　黄昏，见一老人独在老年活动中心屋顶槌球场冷战，似情趣浓浓，自迷自乐其中，令人感概不已。深冬时令，寒气来袭，树木多有凋敝，户外人影稀稀，槌球场极为僻静，虽有缕缕夕阳余晖也无法把温暖传给这个久被遗忘的角落，这里让人深感冷清。然老叟一人忙转于偌大赛场之中，虽老叟似乎自得其乐，但还是让人倍感人世间之孤独、冷落与凄寒。2015年

1月7日记于枫林。

> 分明看台帘残横，尤伤分牌雨痕深。
> 若问闹市静何处，当是此处无他闻。
> 或枯或茂枝掩映，若开若合风自生。
> 一叟担当对抗角，不觉赛场尽冷清。

近暮雨稀疏

今岁深冬一雨天晌午曾摘句予友：雨来寒袭，牟挂不已。餐宿莫误，愿得小憩。冬深春望，冷暖相惜。真情汝爱，吾长予矣。

> 树静雾轻林丛深，路空雨稀枝落横。
> 岁月往复园依旧，弦乐悠扬竹无声。

端午前夜雨

往昔树君曾云：夜来听雨声，今岁开春至初夏，故乡干旱无雨，自然也难得听雨，更何况人两地分离。然粽子节前夜，树君忽传雨讯，并赠诗句：端午时节雨纷纷，听来竟也断人魂。夜深方知相思苦，一诗一话传真情。愚人细品竟然如获甘霖，随弄句回赠。

> 几曾端阳听雨声，千里粽香传痴情。
> 感恩人间亲伦在，促膝夜话茅屋青。
> 捣米泡叶纤纤手，拌包蒸煮甜甜心。
> 何日携手归故里，忘却汨罗任帆行。

枯叶痴语

树君语：听着市井的嘈杂声，我知道你在想我，一如我在这窗边想你，静听你穿过重重人海与车流，走近我的脚步声，那么轻微而急促，一如你跳动的心，我听得分明。愚人复：清风吹拂，云海卷起在垂落的夜幕，在这相思的时刻，渐静的世界竟是这般神奇而美丽，我知道，因为有你。树君又云：我知道你一直在我身旁，把你的爱拥在怀里，唱歌给她听，希望她快乐幸福。我想你肯定是我大学宿舍窗下那个每天晚上吹口琴的大眼睛男生，有着深情深邃的黑色的眼眸，有着俊朗清秀的白皙的脸庞，你的优美而忧郁的文字写在口琴那悠长的音乐里，我听出了你全部的心事，原来我们早就相识。就这样，在那个夏日黄昏，一直到深深的夜里，我们的相思我们的语，我们的痴爱我们的泪，吟唱着，传递着，交织着，融会着，缠绵着，铭记着。

我

只是一片枯叶

虽然

曾经承载过生命的绿

但那一切

已成追忆

曾沐浴暖暖春风

曾滋润细细春雨

也曾有

生命的恋歌

也曾有

欢乐的笑语

曾经高擎的枝梢

依然昂立

曾经辽阔的视野

依旧神奇

只是我失去了原有的梦

在泥土的怀抱里依偎

我知道

属于我的生命已然终结

我知道

失去了永不再回

但有一份真情永不熄灭

一直萦绕在我的魂灵

我想

我能做的

就是与那些同命运的兄弟姐妹一起

把我们枯萎的躯身

堆积在你喜欢的林丛小路

覆盖在你钟爱的那片神奇土地

当你轻轻踩着我软软的身躯

你会依稀触摸到

我绵绵的温存

当你听到吱吱的细响

那是我

最后的一搏助你前行

我

会回到孕育我的地下

在我们的根系

献出我的每一点每一滴

让你向往的那片承载我们梦的世界

永葆盎然生机

听入秋夜雨

树君夜语：比邻若天涯，咫尺望君影。同时伤心人，共听秋夜声。隐隐雷电闪，幽幽芳草怜。知君归似箭，祈雨暂停歇。2011 年 8 月 15 日于津门。

天涯若比邻，君心连吾心。
何伤入秋雨，临窗树影深。
喋喋语休时，悠悠纸鸢真。
祝福无阻隔，相思乱晨昏。

离苦伤夜秋

树君语：青梅竹马心，奇缘定今生。相知在去冬，盼守又一春。夜听秋雨声，寂寞小屋清。惟愿天地久，不忍扰佳人。

梦里梦外望无声，人前人后话有情。
相约相扰皆缘爱，摘辞摘句品真心。
无奈南北天地遥，怎堪聚散悲欢频。
秋寒满屋孤枕眠，不知夜雨何时停。

子夜惆怅独听雨

树君句：相约深夜多问候，无奈困倦酣然眠。子夜惆怅独听雨，依依不舍梦里还。

凉气袭津门，节临秋意深。
静思夜听雨，默然惆怅升。
匆匆岁月逝，依依不了情。
期许长相守，缠绵惜黄昏。

秋夜无眠唱和

愚人句：历艰图作为，逢君始知遇。共鸣相期许，厮守茅屋居。华年莫荒废，合力坚不屈。朝晖西山云，暮色梧桐雨。树君云：梧桐雨，西山云，最难忘小轩窗，看尽朝霞卷暮帘。琵琶曲，二胡月，回首千古知音，览遍人间至情关。

历艰求索图作为，驿站逢君始知遇。
唱和共鸣相期许，缠绵厮守茅屋居。
华年似水莫荒废，合力进取坚不屈。
朝沐霞晖西山云，暮栖林色梧桐雨。

枫叶梦

世事如水去匆匆，又值麓山枫叶红。
不怨霜秋身影隔，梦越江川千万重。

晨摘句予树君

11 月 20 日清晨发句给树君：轻轻给你早安吻，紧紧相拥不相离。人生难遇一知己，不负情缘心相依。夜以继日劳作苦，只争朝夕写传奇。且待春花烂漫时，携手山径同林嬉。

近晨望窗明，临街驱车声。
忙碌人千里，梦枕几度横。
思绪随风舞，拙句相予赠。
期许南归日，泊栖乐织耕。

早春雨思

之一
春浅不觉汛，幕沉怨晚行。
雨稠远山重，风寒近江清。

莫忆往岁秋，红叶染榭亭。

更求登高时，终得乐满晴。

之二

春近雾气浓，寒久林丛空。

哀怨一念间，相思无尽穷。

愿承庖厨累，甘为山野芎。

生命有期数，情爱无晚终。

周末碎语

友人云：故旧重相逢，谈笑有风生。不忆往昔怨，家常伦理长。

之一

雨歇雾凝沉，枝润池涨深。

人忙春欲至，岁更业攀升。

冬寒恋蝶梦，日暖怯化真。

但愿事能为，相濡守晨昏。

之二

周末思绪飞，夜幕四野垂。

坎坎求索路，暖暖心相偎。

或为衣食累，更为愿景催。

邻舍应闭早，问君何时归。

南国雨润春

　　江南的雨，的确很多，特别是寒气渐渐消退、春天慢慢来临的时候。我相信，春意在雨水的浇润下会慢慢浓起来。不要埋怨寒冷，不要厌恶潮湿，要适应，要学会期待。

阴雨蔽穹天，寒气笼山川。
昼望风帆远，夜梦锦衣还。
南北奔波路，成败解知难。
蓄积已旷久，喷发待何年。

雨打黄昏清

有时候很纠结，人之义务之责任之伦理，该是怎样的一种束缚呢？人之于情于爱于义，该如何去取舍、面对？古来事难全，情者怀忧，志者抱恨，屡见不鲜。人生能遇知已，识时务，知感恩，向未来，便几近幸福极致，当无悔，无怨，无恨，亦无它求。愿苍茫尘世，赐予我们时空，让相知者相勉相惜，思渡思为，燃放智慧，诠释生命，无论贫富，无论悲喜。

春深风雨频，街巷摊市冷。
楼宇门户闭，亭榭无问津。
残垣潮湿重，新竹疏影轻。
雾罩山色寂，雨打黄昏清。

听雨释积怨

昔日嬉惹君，空负春日情。溪流入海茫，花草缀原深。目染春秋江河水，奈何晨夕梦牵魂。梅子季季熟后落，垂柳年年落又青。思世尘，唯崇山海石，恒古堪此情。

云重雨水急，心孤唇舌犀。
良知难泯念，忧患莫为奇。
为人自有道，论道当无欺。
若得志同合，天海不弃离。

晌午云积厚

　　记忆中，有人曾言期待"如彩虹般绚丽的人"出现。我却以为，浮云之静详，之朴质，之淡雅，之安逸，之漂泊，皆为美丽。我喜欢栀子花的馨香纯洁，喜欢香樟树的茂盛聪慧。有情人在彼此心中，纵然美若彩虹，但在浩瀚的天宇，不过是互相靠近或粘在一起的两颗尘埃。如果长眠于大地，亦不过是两棵连根小草，在苍茫世界，同样平淡无奇。倒是融逝在魂灵里的纯洁、痴迷、美丽的爱，才是彼此永远坚守、决不宣泄、绝无改变的秘密，绝非那艳丽的花、灿烂的霞、绚丽的虹，短暂的风华绝代，瞬息凌乱翻飞的红，很快就会被人遗忘。

　　　　窗含千叶静，径引万点青。
　　　　晌午云积厚，当是风雨临。
　　　　山川已胜洗，何求吹打新。
　　　　应怜杜鹃苦，啼血染飘零。

晨至山麓丛林

其一
　　　　立夏好时节，万条繁茂遮。
　　　　樱桃透金亮，香樟漾花奢。
　　　　山麓苔道绿，林谷楼影斜。
　　　　晨游不知处，林幽鸟音绝。

其二
　　　　古木擎天阔，红楼坐山开。
　　　　江脉流千古，楚辞浸万代。
　　　　莫言若初见，相守情满怀。
　　　　闲来独小歇，细花落石台。

其三

春来花香袖，夏临鸟鸣幽。

日透千枝碎，风拂一园维。

年年人事易，处处笑依旧。

莫登山顶眺，尽揽满江愁。

其四

香樟散花醉，石榴含苞羞。

晴日山空静，不知君何处。

分明相期许，朝夕同窗读。

此时却无语，怎堪痴情休。

晌午雨偶歇

云薄风轻园居静，树茂草盛苔藓青。

雨歇花落香犹在，人去亭空竹影横。

暮色浸雨

暮色难掩草叶翠，池影伤切蛙声悲。

阴雨绵绵愁绪发，青丝缕缕梦境碎。

花落春去尚可回，人老情逝再无归。

若得身后魂期许，化蝶天涯永相随。

初夏送别树君

　　岁月悠悠，人事匆匆，浓浓挚情，脉脉栖守。卧厅洁净，庖厨味美，朝暮对镜，纵容衰貌易，仍喜露福存。或晴夏出游，山林青翠，江水碧澈，感生命有年，求有乐有为。今生得遇树君，安能沉溺学事而不享天伦乎！

树君将欲行，莲塘悄无声。

初夏多雨雾，出行切自珍。

东西劳奔波，朝夕栖旅行。

聚欢会有时，安康相慰疼。

晨品树君句

五月中旬树君经沪往港都，而后转渝。十二日晨树君发"晨光稀"句：晨光稀，夜已远，一宵梦也遥。叹世事，感人生，图为心涌潮。怎知侬，别离后，生生折断桥。盼佳期，重逢在，烟雨朦胧好。愚人回复：雾气笼，雨轻飞，小城客渐稀。伤春逝，感夏急，岁月不怜泪。事无成，业未立，璀璨夜犹醉。忆断桥，垂柳依，盼切佳人归。旋即再悉树君句：春去夏来早，城新草木香。一池暨阳水，莲花映笑颜。独步风景中，却看万家欢。樟树分明影，念君同我心。

寻觅千千重，晴雨朝朝共。

莫怨离隔远，姑遣愁怀浓。

情同相思苦，意合志趣弘。

悉数佳句里，品味痴恋中。

雨树

母亲节赠语树君：一怀相思埋，两地睡莲开。三日别离长，四眸神情哀。五谷淡无味，六艺弃阁台。七夕彩虹梦，八仙祺福来。九生不轮回，十月衍长在。百合丝成雪，千载唯此爱。

我知道你

喜欢阳光照耀

然而

这连绵阴雨

竟让你

如此妩媚多娇

你柔滑的手臂
在袅袅的细雾中
和着恬静的睡莲
轻轻摇曳

你温润的嘴唇
在习习的清风里
吮着晶莹的水珠
甜甜微笑

我知道你
洋溢着活力与快乐
无论晴雨
你用刚强柔美
默然诠释着
生命的坚挺与繁茂

暮雨遐思

5月23日傍晚，立楚天家园高层远眺，见暮云裹楼宇，车流耀街心，便发去"思君忙碌处，隔窗聆蛙鸣"之句，更有"知音淡和鸣，悟道惜同生。心随暮雨落，愿伴思绪平"之感。夜幕中揽景入怀，勉强成句，友人有赠"生搬硬凑"之评述。

木桥树影浸水净，细雨暮色带风清。
睡莲并蒂共知暖，玉兰异枝同芳馨。
莫道世间多邪恶，应信人生存福宁。
隐栖山麓会有时，种瓜品桂长倚亭。

午歇枫林村

　　在星城岳麓登高路尽头，绕过小池塘走进山谷，会发现一个与街市隔绝的小村，这便是枫林村。七栋楼房沿沟谷依山而建。房屋不高，为六层建筑。前后茂密的树枝伸到窗前，每至月夜，树影便在窗户的玻璃上随风摇曳，婆娑起舞。东头山坡上，零星散落着的别墅般的小平房，无声地掩映在绿树花草丛中。枫林村里不仅仅只有枫树，更有樟、松、杉、檀、槐、桂、枣、栎、榛、杏、栗等树种。这里山清水秀，花草繁茂，春有杜鹃绚烂，秋有丹桂飘香，夏令泉鸟和韵，冬季松涛徜徉，四时景色如画，真可谓大自然的原生乐园。栖息此地，身净尘落，纷扰消散；长居村中，心境透明，宠辱皆忘。

　　　　　　　远市寡时闻，近山多风声。
　　　　　　　午歇人懒散，夏至林茂盛。
　　　　　　　隔窗望溪水，孩童嬉趣生。
　　　　　　　不想离别后，事务君独承。

词句不堪遣

　　迫近秋分，清雨淅淅沥沥，竟然终日无歇息。晨夕冒雨送接学童，踏遍地落叶，熟透的酸枣不时可见，草木腐味中居然能吮吸到丝丝桂香，让人更生怜惜。忽忆起前日树君"无语也生嗔"，传"情甚多，词句不堪遣"之语，便竭力觅句。只可惜愚人才尽，语不达意。

　　　　　　　　　　之一
　　　　　　　阴雨迎秋分，客居落孤魂。
　　　　　　　何言池涨否，把盏守晨昏。
　　　　　　　　　　之二
　　　　　　　莫贪桂香醉，闲舟古渡横。
　　　　　　　长泊忘旧事，霜染乐织耕。

雨夜胡语

树君语：人生短，名与利，终是老去无奈了。长相守，苦作乐，省去无数无名忧。愚人唱和：重阳近，秋意深，游客依然众纷纷。山泉断，叶厚存，榛红枣黄满沟横。慕年少，惜青春，谁念双亲耳目昏？熟思亲，夜寂静，大地无声雨倾盆。翌晨，改为胡语三则。

之一

重阳迫近秋意深，游客依稀嚷纷纷。

山泉细流叶积厚，榛红枣黄满沟横。

之二

东南西北天立命，酸甜苦辣渡人生。

惜取青春慕年少，追名逐利谁思亲。

之三

长忆春江花月夜，笙歌欢娱乐满城。

分明昨夜倾盆雨，大地漆黑寂无声。

麓山怀旧

世尘扰扰乱纷纷，独领秋凉雾蒙蒙。人生幕幕欢与苦，两垄萝卜一畦青。壬辰十月下旬，星城接连两天下雨，愚人眺湘江，仰灵麓，忆旧事，思故人，吟句抒怀。友人获悉问：为什么这样伤感，什么触发了你呢？愚人回复：其实也没有什么，怀才不遇、杞人忧天之类是年轻气盛却无知所为，而今已是心境明净，偶尔伤情而已。

之一

麓山梦境依稀秀，雨湖残荷不堪秋。

感恩犹在西窗锁，福音绕烛江月流。

之二

湘水西畔市井新，红楼东侧山径荫。

却怕杏园听秋雨，弦歌千载伤余音。

之三

促膝言欢却生愁，对镜情深缘亦休。

不嫉百年香樟茂，乐守清贫溪谷幽。

之四

又是清雾浸檐枝，推窗思君逢此时。

凝目落叶飘然下，草阶无语秋满池。

相思依在离别后

十一月初，一个晴朗的日子，送树君赴泉城，很早，很凉。太阳还没有升起，天边已然透露出光芒。月亮褪去了光明，淡淡的，薄薄的，还挂在天空。红亭掩映在枫叶怀中，静静的，无声无息。翌晨，撒落清雨数滴，却闻鸟鸣声声，搅得心境亦浊亦明。

之一

晨曦映射残月羞，亭叶无语难掩秋。

南巡北征不言苦，却怕相思离别后。

之二

昨夜望窗恨月明，依稀梦里起风声。

雨泪盈眶点点落，相思满枕道道痕。

雨后立山麓

树古枝自横，林密雾气生。

山中岁月尽，黄昏石径隐。

熙熙攘攘昨，寻寻觅觅今。

秋雨送寒至，虫鸟寂无声。

灵麓染寒秋

仰峰思学正，皁亭为人真。
步阶拾闲适，灵麓坠黄昏。
心随暮霭沉，寒比秋意深。
山谷万木静，风雨欲来临。

银杏晨秋

　　江南岁月，虽已立冬，但秋意尚浓，景致诱人。十一月十六日晨进枫林村，清风冷雨中，隐隐约约闻泉水汩汩伴童闹声声。寻声而望，但见满目秋景，拐枣满枝，枫叶染红，虫鸟匿迹，樟青竹翠。及行至湖大附小校园，更为庭后两棵逾百年古杏所吸引。两树相距数米，枝叶连理交织，其身躯当属高大挺拔，但因生长在山脚低洼处而难引人注目，自是鲜为人知。然而，走近它们，便会发现被遮掩的世界原来非常广大，两棵古杏，占据一方，遮风挡雨，擎天蔽日。恰逢昨夜风雨无歇，鹅黄的叶片纷纷落下，撒落在甬道台阶以及花坛上，像是铺了一层厚厚的软软的绒毯，整洁均匀，美丽至极。

默然栖息山坳藏，依稀昂首参天光。
百年弦歌岁月古，一夜秋雨满地黄。

无语临冬寒

　　初冬，小雨，阴冷，树君传句：风雨尚有歇，伤心无绝时。秋叶落几重，满目尽寒意。愚人回复：雨清清兮雾绵绵，风寒寒兮心缠缠。情沉沉兮虑重重，夜长长兮泪含含。人劳劳兮梦惶惶，君郁郁兮吾伤伤。时匆匆兮天暮暮，诺息息兮水汤汤。旋即另摘句予树君，树君亦即刻回应：夜雨怎堪听，知音断琴声。尘世轮回苦，普提有心忘。不信江山久，沧海化桑田。相守誓盟约，执手几时终。

之一

亭寂天光远，暮近灵麓寒。

风过衰叶落，雨浸林生烟。

往载秋去忙，今岁冬来闲。

无为使颜老，怀旧催人还。

之二

缓缓执偕迟，默默诺许真。

心疼伤无绝，只因情至深。

朝朝欲同织，暮暮思共耕。

秋伴落叶去，梦随云雾生。

之三

人事无长顺，山川有久恒。

莫比庭前树，岁岁容颜新。

根枝熬霜雪，花叶惜暖晴。

知音寻何处，夜雨偶共听。

之四

山麓厮守栖，江岸相思泣。

炎寒天地染，莫妄足膝低。

不惧躯劳累，却怕心背离。

生命终有时，执情无绝期。

夜着清雾临

　　寒冷冬天，忙碌依然。世事多磨，心境豁宽。谋略在人，成全在天。相守偕老，安乐年年。想着珍存已久的句子，不知不觉独自来到了桃子湖畔。黄昏的雨淅淅沥沥，一直延续到夜幕降临。浸着清雨，漫步湖畔甬道，往事不堪回首。万籁俱寂，没有路人，没有虫鸣，只有清雾笼罩，只有残荷叶影。静静的凤凰山，寂寂的放鹤亭，空空的湖面水，长长的湘江堤。此时此刻，唯有亲情、爱恋、感恩、梦想还在心中闪烁、跳动，依稀让人感到温暖，感到生命的存在。

残荷不堪淋，虫草眠已深。

影随风雨动，夜着清雾临。

盘点何所为，未成唯有心。

幸得伊人共，点化杏园勤。

人近山泉鸣，水远江堤平。

空空桃子湖，寂寂放鹤亭。

雨歇春晨新

植树节思植人，树君为植人所愤、慨、累、忧，于是翌日出"晨冷风凉"语，并遣句：君许痴狂动天地，无奈满目落花残。雨歇风舞人憔悴，麓山无语湘水沉。读罢，却生无奈之感，予安慰句：人生多有烦心事，付诸水流争朝夕。其实，于吾心中，树君勤奋敏捷，正直不屈，积极思为，为事严谨，精益求精，宛如一座沉寂的高山，令人景仰。

之一

石沥径洗枝叶新，林深树大飞鸟鸣。

当惜柔和春晨好，忘却昨夜风雨声。

之二

雨歇春早透清凉，叶新山秀满风光。

应是百年上佳时，共圆一梦锁痴狂。

之三

风狂风静望山寂，花开花落听鸟啼。

草色映窗争荣日，正是青春多雨季。

之四

毫末何思一合抱，累土甘垒九层台。

千里足行今日始，百岁首望明月戴。

之五

莫怨春光相思爬，谁惜流水伤落花。

知音千载弦歌古，人生一梦浮云遐。

晨音

用心听，心长在，无及与不及，此乃知音。

梦去窗外闻鸟鸣，帘隔遮蓬滴水声。

不知枝翠露珠落，以为山雨欲共听。

子夜听雨予友人

9月5日下午悉友君弃竞官长，甚为宽慰，钦慕之心敬佩之意油然而生。转日夜友君信息带着无限哀伤幽怨悄然而至，极尽子夜听风听雨之苦闷。

之一

春暖卫津遇知音，情动星城抚断痕。

山川浮浊古有事，人生磨砺今无声。

当贺教养创良方，欣慰西岸学大成。

潜心研习棉帛苦，淡却仕途金榜名。

之二

星城故里遗知音，高山流水抚断痕。

潇湘浮浊古有时，人生磨砺今无声。

忍看同事悖信义，奈何夫君寡音讯。

子夜听雨秋虫闹，依窗守梦泪怜人。

雨夜春寒

子夜会散，街清人静。风雨交加，电闪雷鸣。树君独归，牵挂于心。焦虑在怀，久不能寐。凌晨惊起，披衣撩窗，冷雨淅淅，寒气袭袭，心亦恓恓。临近清明，感伤满目，随笔以记。可雯2010年3月4日于星城。

雨浸潇湘孕寒春，人诺和谐欲断魂。
莫言世间情义绝，昨夜归晚心予君。
朝暮惦念康安乐，梅黄相思酸甜醇。
是近清明堪回首，曾几迷茫主乾坤。

楚地锁春寒

无论谓妇女节还是美丽女人节，三月八日都是女人的节日。2 月 14 日是谓西域风化，又为年味所淡；"双七"固为华夏之传统，却遥远而多伤感。思虑至夜深，还是以为"三八"为献媚之良机，值得珍惜。然良辰已错过，良宵安能失？且吾非草木，于是赋小诗并发短信予树君云：感受，感谢，感激；感动，感恩，感怀。请安，康安，平安；问安，春安，晚安。

其一
楚地锁春寒，佳丽恨知晚。
数朝风雨急，草木祈自安。
其二
连日寒雨稠，湘江复涨流。
何忍西岸望，清明雾深处。
其三
湘水渔舟飞，麓山蓑衣垂。
水山天色里，细雨润春归。

秋雨缘知

友人短信云：夜过山岗风过雨，无有由头却伤痕。时针走了半夜停，窗含露重期几许。

君莫问归期，伤却雨涨池。

寻剪烛已尽，风寒残柳枝。

灵犀当遗梦，不言情浓时。

缘起缘尽缘，知语知心知。

秋雨晨问

之一

梦里正寻树蝉鸣，窗外忽传雨滴声。

童稚少狂随雨落，壮志老气与秋沉。

曾经相望遥相语，今朝无问近无讯。

谁言海内存知己，世尘尽皆陌路人。

之二

秋雨渐沥寒雾生，天地苍茫孤鸟鸣。

昔行犹比晨光早，岁月不负苦心人。

回顾过往奋斗路，坎坷化作欣慰存。

常思自省相勤勉，不惧寰宇尽风尘。

秋雨怨

10月5日忽降秋雨，出行受阻。人困乏，心懒惰，闲居无所事事，随摘拙句，传送友人，聊表相思。

曾让绵绵梅雨

泡涨愁肠

却从未

因秋雨的冷清

哀叹尘世的沧桑

偶遇人生知己

又牵绕

我无尽的相思

纵恨无情秋雨

怨今生相隔

又怎能

主匆匆岁月

诉凄凄梦呓

闲润润情怀

断袅袅思绪

淡满满怅惘

流水无痕

清晨树君短信诗云：风停雨歇万物清，难别康桥香消殒。几度佳人和梦境，流水无痕岁月平。想是回应昨夜句。11 月 28 日可雯记于津沽。

之一
世道蒙尘难数重，人生知音稀相逢。
不言朝暮厮守事，但得天涯梦境同。

之二
生命若诗情依梦，岁月如水爱永恒。
夜夜心随湘江去，麓山听雨人断魂。

之三
相思涩涩相怨难，梦枕甜甜梦境欢。
红亭绿池谁许与，天涯海角心栖还。

和句戏冬夜

深夜偶发戏语：携手梦里却无语，耳鬓厮磨心陶醉。相对含羞泪满眸，悱恻缠绵化云雨。树君回复云：不应有恨不应痴，人生流转命何依。忘却期许诺言重，笑栖山林日落西。细语道晚安，冬夜不觉寒。挚爱满怀抱，相拥共枕眠。

之一

有心入夜听雨急，无言翘首烛窗西。

醉依阑珊伏枥晚，沉睡到老还相忆。

之二

冬夜难眠梦何依，君言暖心至爱归。

何不化蝶生彩翼，轻舞花丛两相随。

之三

心结千千桃艳红，痴爱惜惜梅花弄。

原本镜台如梦幽，生死相随许九重。

冬暮麓山拾句

身为湖湘人，独钟岳麓山。灵麓南接衡岳，北望洞庭，西临茫茫原野，东瞰滔滔湘江，玉屏、天马、凤凰、橘洲横秀于前，桃花、绿蛾竞翠于后，金盆、金牛、云母、圭峰拱侍左右，广开洞庭江湖之野，尽聚人杰地灵之气。

院角竹犹翠，房后拐枣稀。

游客登高处，枫叶红若旗。

秋冬寺观寂，春夏虫鸟啼。

长居麓山下，鲜知光阴疾。

愿许灯火远，影落沙洲细。

曾往来时路，徘徊江水堤。

晨望泉流急

立夏匆匆逝，泉流急急驰。

萋萋芳草劲，幽幽山径湿。

新荷映清池，幼果藏绿枝。

鸣鸟自赏醉，适值奋发时。

夏晨望思

之一

夏晨山麓鸟鸣幽，丛林满目皆晴柔。

长居郊野心境净，乐得清寰黄粱休。

之二

风雨停歇晴如昔，樟枣坠悬蝉若笛。

勤锄菜圃瓜果硕，常望林麓烦思离。

深峪清流静

世间存山崖，飞瀑描图画。

莫伤坠落苦，练身碎为花。

雾绕映日月，岩衬穿云霞。

深峪清流静，四海皆为家。

晌午临池拾句

辛卯秋友人云：遇国庆观夜空，感人生如焰火，或高唱彻鸣直上蓝天青云，或刚刚鸣唱则散射陨落，然皆为昙花一现，似过眼烟云。正因如此，古今中外感叹生命易逝、人生短促者司空见惯，吾辈当惜取自珍。有道是，木兰心无尘，枝叶自繁茂；天地厚德物，人己享福寿。愿与知己者长为良师益友，相勉阳光事业；永结知心木兰，共守幸福人生。

之一

晌午池若镜，忙夏园林清。

学子临归去，人生慎择行。

雨歇翠叶茂，虫戏荡莲影。

立岸伤水逝，扶栏聆蛙声。

之二

兴衰载国殇，荣辱益学堂。

先辈耀杏坛，荷池映沧桑。

春去绿意广，夏来蓁容芳。

围庭玉兰翠，经雨花尤香。

03

第三篇

| 月天逸梦 |

樱桃荡清影，溪泉和蝉鸣。
蒂落庭院丰，月起山川平。
挚爱种心地，期许唤知音。
荒老人无悔，梦境执手行。

巴渝遗梦

　　爱是子夜的一份坚守，爱是清晨的一句问候，爱是陪伴你一生的勇气、信念、坚强、希望、憧憬、期盼、祝福、健康、快乐、温馨、激动和幸福。可雯记于2008年10月16日夜。

之一
我要去远方
那里
有我的事业
我的仔肩
但我
早已把心留在这里
就像房顶那棵小树
无论严冬酷暑
一直在你那里
陪伴
坚守

之二
一起去过
却无法
一起厮守
带走的
是无限的依恋
却带不走
那蕉
那屋
那竹

心海夜秋

之一
每一滴泪
都源自灵魂的感动
凝聚着人生的辛酸
汇入心海的渺茫

每一寸笑
都源自心中的自豪
浸染着信念的坚定
驶向梦境的爱岛

茫茫的心海
有了这片爱岛
我们一起用疲惫和眼泪
堆砌我们的荣耀

之二
亲爱的
你是否已进入梦乡
我还在这里寻觅
在这里守候

那曾吻过的
一阵刻骨铭心的刺疼
但愿
未曾纷扰

之三

就这样

我一直寻觅

寻觅那一滴泪

寻觅那一寸笑

就这样

我一直守候

守候那茫茫的心海

守候那依依的爱岛

之四

无数次在梦里

你的歌

淌过我的心

就像那深情一吻

带走了

我所有的疲惫和迷惘

于是树梢

掠过一缕缕清风

于是天际

现出一丝丝曙光

于是黎明

悄悄来到我的身旁

春怨

树君言：春光忽悠过，庶几已近晚。杜鹃仍未开，气候不当冷。相思尽伤心，莫若把春忘。愚人回复：问之多多，爱之切切；爱之切切，心之责责；心之责责，情之涩涩；情之涩涩，花之谢谢。凌晨又悉树君语：人间四月当芳菲，不想春风依旧寒。百花欲放无着处，老树斑驳更雨凉。君太自责妻心伤，一宿无言亦无眠。从此无望君还早，孤绝立尽梧桐前。

窗外叽叽鸟嬉鸣，室内寂寂壁空清。
春宵孤枕斑斑泪，梦呓伤责道道痕。
情伦无常多遗恨，春光易逝忧愁生。
谁怜知音隔岸苦，辗转反侧待天明。

爱的神力

静静的
就这样
我躺在床上
想着你
没有你的每一秒
我似乎完全失去了
生活的勇气

我不敢相信
你的爱
有如此神力
既让我
无比坚强
智慧
也让我
如此软弱
颓废

对句读子时

子夜拟句：春渐远的日子，潮湿的堤，尖嫩的芽，清凉的雨，细柔的风，妩媚的月，带泪的花……虽已模糊，但它们留下印迹，冲淡了夏日的痴愚与癫狂，在原本繁茂激扬的灵川心地，涂抹一湾朴实与沉寂……句未发出，树君语至：春归何处君应知，唯君方能唤春回。伤心秦月汉门关，带雨蔷薇更妩媚。听尽夏夜虫鸣声，依然不减浓春意。何惧四时年流转，山林如昨人若昔。

慕君奇才昼夜思，恨已弱能出行迟。
岁月无情容颜老，山水有意爱心痴。
南北遥遥人期许，草叶萋萋雨涨池。
谁解孤栖难入梦，适值对句读子时。

期许生命一回回

人生最大的财富是自信。一生做好一件事情足矣。想作为，什么时候开始都不晚，只要我们不放弃，长怀于心，永远自信。人有云：当静则静，该发则发；静而养性，发而新生。其实，物质的贫乏是可以改变的。人生最可悲的是人性的丧失、感情的枯竭和精神的死亡。树君，让过去的永远过去，我们厮守在一起，牵手走向幽静的山林，踏深远的石径，踩落叶伴碎阳堆积，听松涛和清风鸣响……

之一
期待有缘偶相逢，清茶小饮细雨中。
多少情爱传千古，不及树君语一丛。
之二
梦里牵手俩依依，天涯海角永相随。
听任蝉鸣光阴逝，期许生命一回回。

美丽的夜

风吹庭院冷，月落街道清。携手漫漫步，拥怀切切情。回眸诗千首，字字心意浓。新忆白洋淀，荷叶荷花新。溪长芦苇荡，水随船只分。愚人傻辛苦，执扇驱蚊忙。品着妻的句子，夜是如此的深邃而美丽。不是吗？看，那夜空的云是娇妻飘柔而馨香的衣，夜空的星是娇妻美丽而深邃的眼睛，夜空的凝望是娇妻温存而销魂的吻。勿相忘，执手行；长相忆，夏日景。白洋淀宽阔而悠远的水是我们深深的情，那茂密无边的芦苇是我们泊爱的长堤。心仪已久的荷花池，那挂满希望的嫩叶，那掩藏娇羞的苞蕾，那随风摇曳的新绿，给失落的心涂抹上丝丝安慰。浆声里，我们的幸福在荡漾，小木船载着我们相依相恋的岁月，载走了荷灯梦想，载走了牵手黄昏，留下的，是芦苇荡深处那唧唧的鸟鸣，是在水一方那绚烂的落日，是快艇飞驰时颠落的阵阵的笑，是痴男情女温柔缠绵的语，是我们在迷茫季节相互搀扶用心默许的永恒的爱的见证。

芦苇荡心水鸟急，白洋淀里清风习。
池夏新荷娇无限，丛苇幽径爱满堤。
执手对笑尘埃远，扶叶留影云霞嫉。
人生逢遇一知己，不枉憔悴共耕栖。

檀岛抒怀

之一

千年酿相思，万里隔望知。
种情字字苦，守爱夜夜痴。
丛林幽窗月，京都梦秋池。
款款泪眸冷，依依离别时。

之二

京城夏日灿，远洋征程欢。
半月受重任，一生唯此愿。
异域人物殊，亲爱存心间。
天涯犹比邻，朝夕共枕眠。

之三

世尘多离苦，心依长生福。
异地相约庆，同天隔望顾。

梦里南北回，愿境朝暮浮。

亲情爱无限，淡静悲尽除。

之四

古今月亏盈，朝夕人衰兴。

唯情尚恒久，君心共吾魂。

无惧天涯路，当幸遇知音。

期许点烛语，厮守栖山林。

夏日黄昏恋恋歌

树君语：蒙君厚爱深，此情忆终生。相伴岁月老，日夜诉情真。流年光景转，携手绘苍穹。同有蓝天志，不负今生狂。愚人回应：岁月匆匆短，伊人劳劳还。水苇望失落，山林空许愿。更怨津门月，漂泊不得眠。幸存语枕泪，终结同心缘。人生知音少，真爱何曾欢。坎坷相携手，成就慰天年。又得树君语珍存：星散月隐人憔悴，又是相思到天明。往昔岁月不留痕，亲爱永存心共梦。不羡神仙逍遥游，惟愿再无离别伤。执手对笑尘埃远，长忆君诗永相伴。2011 年暑期愚人记。

之一

夏季奔波忙，更亲树君芳。

生命相期许，终老勿相忘。

之二

炎暑津门栖，寄情语无期。

匆匆偶共度，不怨身隔离。

之三

挂念穿北南，祝福同近远。

问候无时择，感恩长天年。

闻秋

之一

立秋万物实，增寿盈月迟。

津湘无近远，情真染愚痴。

人生知音稀，对笑归隐时。

谁记江风清，木舟钓翁只。

之二

昨日已往昔，君心何处栖？

光阴催人老，华年欢乐积。

容颜醉几许，梦枕长相依。

入夜虫鸟疏，渐闻秋声起。

星城聚散结千千

萋萋园草，与君共锄；茂茂庭树，与君共剪。日出齐作，月起双栖；春舞与花，秋笑与果。匆匆岁月，相伴如斯。阳历八月下旬回长沙，得以与亲友逢聚数日，离别时竟依依劳劳，难分难舍。然而终归离别，却幸得树君佳句无数。有云：乘风归去兮，念念不忘痴。执手人生路，惺惺两相惜。对语无言兮，感念流年逝。期许结伴行，笑看枫林栖。又云：手相携，心同行，许愿灯下，天蓝风清摇。年岁老，人含笑，回眸深处，江山共此娆。更有云：秋雨凉，风生寒，与君一别，两地相思苦。月含羞，花念娇，伤心故景，处处留君住。愚人弄句回寄：灯火耀耀，衣袂飘飘，黄昏尽处，泪残树君笑。道深竹幽，水落草茂。缠绵盈眸，怎堪愿灯遥。

几度梦里回长沙，两眸呆滞噙泪花。

秋雨飘落麓山隐，帆影无觅湘水遐。

人海茫茫偏相逢，家业寂寂缠乱麻。

凡尘取舍难志士，堪诺执手浪天涯。

痴无言

树君语：秋意凉黄昏，暑热留晌午。风吹尘埃落，树动叶飘舞。惆怅无由生，心存凡念苦。痴痴想念他，不知言何语。

思君无处时，长夜孤枕只。
秋雨悄然落，残梦铺荷池。
莫言修竹新，更伤望岩痴。
人生真情在，相许惜缘逝。

思秋唯入梦

树君语：秋分浸染秋意浓，花好月圆将近时。无奈人离分两地，剪花赏月载梦里。

秋深天穹远，夜静笙歌欢。
富贵染迷醉，贫瘠皈乐园。
只怨相逢晚，无言情缠绵。
枯烂痴愚在，笑剪花月还。

寻梦寄语友人

愚人曾拾语：有念未必有闲，有情未必有缘；无声未必淡忘，无语未必疏远。求心平气和，淡富贵名利，享快乐人生。不怨路途无知己，何求甚解个中意。十月十二日深夜又传言与友人：渐寒的日子，在幻想未来的同时，更多的是过去的回味。人的一生，投缘无几。当一个人萦绕在梦里久久无法忘却的时候，这或许可谓之为真情，或谓之知音。而你，居然在我的心里生了根，发了芽。可是一旦爱恋、憧憬抑或歉疚缠在心里，那将是永远的折磨。愿你一切都好。树君清晨赐句：风暂停，雨已歇，天凉好个晨。人渐老，岁月失，难逢是知音。白蛇传，聊斋异，同为至真情。痴癫君，夜无眠，镇日守护神。树娇弱，身憔悴，夫君梦里寻。

重阳登高霞晖西，秋寒不解痴人意。
日日相思夜夜思，山山带依水水依。
天旷烟云散复起，地阔世人聚又离。
莫道前程悲欢几，不负心愿化梦呓。

夜深人困时

树君言最喜欢愚人旧句：月夜正是读诗时，悲忧恨怨挂树梢。然近来身心疲惫，月夜难有诗兴。十月十四日夜，虽树君赐句，但未及回复，愚人已困倦入梦。树君赐句为：日隐东方雾，月落西边星。晨起望风影，暮归踏云行。抬头望苍穹，低头思故人。不禁风和雨，花落香满巾。

秋意染夜深，相思催人困。
未觉心期许，渐知欲断魂。
赋句弄墨同，幼林桃李春。
占诗方半首，已然梦中人。

晌午滨湖寻句

比肩执手，天地为家。纵横四海，终归山林。经风霜雨雪，看日出月息，聆花开叶落。欢快若溪，馨香若花，温暖如春，美丽如画。离别远，相思近，晨曦残梦忆君笑。促膝谈，听侬言，回首顾盼江峰傲。金桂花，香飘漾，浓淡总是相宜好。树君旧句总令我幸福无比。然十月十五日夜收悉树君句，却在心境蒙上一层淡淡愁云：念念晌午过，清清黄昏侵。相思无不在，叶动也惊心。人生多坎坷，世事多无情。梦里常知逢，一诺许三生。

晌午寻重重，菜地绿葱葱。
睡莲蒹葭老，木台游船空。
千年奢望远，万里碧天穹。
暖暖波光荡，柔柔柳条风。

欲恨情乱

我们在恬静的田园种植花草树木蔬菜，在宁静的小树林牵手散步晨曦和黄昏，在欢快的小溪畔沐足浣沙，我们默然相对，深情地凝望，温暖地微笑。树君句总是那般美好。花香宜淡爱宜浓，花好月圆人相逢。离别写尽相思苦，原来只因情太浓。

人生自多艰，苦海渡无边。
匆匆年华失，碌碌银丝还。
欲念无尽时，情乱缠挂牵。
但愿无缘久，孤魂守荒田。

守望

10月19日树君寄语：晨风不解风情，空吹彻一池秋水冷；时钟难懂钟情，尽敲醒兀自梦中人。朝云暮雨，日落月出。回首来时千重苦，独自承；展望未来万里路，携手行。愚人摘"守望"句予树君，树君回应：你就是我的棒棒糖，让我尝到甜甜的味道；你就是我的奶茶，让我闻到温暖的芳香；你就是我的被被，让我触摸到柔软的质地。我们惺惺相惜，唯愿成全对方，也就成全了自己。

思念的夜
像孩童的棒棒糖
慢慢地吮

期盼的晨

若滚烫的奶茶
轻轻地吸

感动的瞬间
是古老的油画
细细地品

离别的日子
如浩渺的星空
静静地守望

一份甜蜜
一份浓香
一怀缠绵一怀梦

一眸凝重
一眸畅想
一生痴愚一生狂

西湖麓山尽知秋

　　树君传句：西子湖畔远，市井车声浓。惊了相思梦，始觉秋杭凉。想念麓山静，细数枫叶红。断桥依旧好，望断古今人。不见南归雁，徘徊在塔峰。莫忘白娘子，精忠岳飞魂。

之一
暮色临近君远行，晨曦传句应知音。
湖光茫茫秋意淡，离人楚楚佳句新。

之二
世事如水去匆匆，又值麓山枫叶红。
不怨霜秋身影隔，梦越江川千万重。

冬夜相思

你是窗外
那透过窗帘的
一丝光明
在寒冷的夜
送来无限温馨

你是梦里
那摇动月影的
一湾清波
在寂静的港
奏响生命和鸣

你是心灵
那静静燃烧的
一盏油灯
在栖息的屋
驱散坚守的冷清

寒夜寄语言志

11 月 23 日愚人语：今夕思考多多，初萌厌恶世尘之感。后思老小，便生担当之责，男人支业持家当义不容辞。而后，忆与树君相遇相知，及至志近而趣同，渐感生命与爱之珍贵，于是重现携手漫步之景象，如梦境忘情相拥，终复高远之志而豪情满怀。

冬深树孤枝梢寒，夜静车声扰人眠。

不惧身隔千里外，芙蓉蓬帐恨缠绵。

人生含笑淡悲欢，梦里恩爱朝夕伴。

共语磻溪千骑发，同栖南山采桑还。

冬夜望江城摘句

元月6日夜摘句予树君，树君自江城传句：昨日星辰坠，今朝红日明。不知前路何，但共风雨程。又是一年春，茶花开时早。岁月无情过，人却忘情老。翌日树君再传句云：时光匆匆过，岁月变人老。江山易改容，人面难留好。世事多庸俗，创业要行早。山中树挺拔，共筑爱之岛。

之一

世尘蒙坎坷，真善能几何。

晨曦衣沫染，夜幕影湖隔。

言满多失落，愿随易耽搁。

奢梦守望久，珍存相思结。

之二

奔波驱冬寒，心宽志犹坚。

坎坷不惧畏，挫折无弃还。

生命难长久，爱真至恒远。

笑看花开落，同济共天年。

之三

茶花孕春诗，正是酷寒时。

谁解艳梅意，暗香附孤枝。

世俗多驱逐，芳菲晴暖迟。

欲净身心洁，淡为沧桑事。

夜半人醉眠

元月七日树君宿黄石，深夜撰句以赠，旋得回应：孤枕眠寒夜半清，相思人在远方同。盼得早日再团聚，踏遍红尘携手欢。

闭帘不知天色晚，孤影更觉衾被寒。
忙忙碌碌无所事，浑浑噩噩多缠欢。
恋情恋昔恋怀乱，叹世叹今叹境迁。
夜半幻觉春雨细，轻歌曼舞共醉眠。

梦春

黎明时分择句予树君，树君赐句：巍巍岳麓雾笼纱，绵绵湘江玉带沉。最是故乡山水美，不惧冬寒草木青。

车流如潮春梦醒，寒窗微亮居室清。
孤影闲枕镜尘封，旧笔空椅钟自停。
应是桃红艳满梢，更喜雀莺歌喉新。
吟诗作赋踏青远，分明昨夜君同行。

爱暖如梦

树君语：闻君信息感君情，冬日最暖爱意耀。不知何日再登临，一览平川麓山小。

之一

子夜悉书尤动情，南域寻梦倍思君。
长恨相知不相遇，且看呓语任销魂。

之二

梦里依稀返星城，草静莺栖约黄昏。
谁言此生无知己，子夜相思又逢君。

之三

情浓京湘一夜风，爱暖乾坤九州同。
但愿伊人安康在，笑拥月梦花丛中。

索爱人生

树君曾留语：冬雨扬细尘，草木皆已枯。两心一期许，朝暮相伴度。守得花开暖，映日山茶怒。修竹茅舍新，春后探笋芽。

昨夜戏语嬉中真，今生恪守不老情。
晴空云雨彩虹出，林丛石径爱伴行。
忘却东海孤帆影，无思南山万木青。
京都烟云如梦远，香樟小屋满蝉鸣。

望立春临近

阳光透雾天犹寒，残草卧泥地渐暖。
几曾奢望山外山，奈何荣衰年复年。
去岁相伴思彷徨，今春共求嫌迟缓。
遥思洞庭舟待发，未至江海不复还。

怨春迟

立春过后，悉友散句：念儿自多娇，思君犹缠绵。看春似已到，窗外芳草青。踏春会有时，想望清明欢。更愿君忙碌，幸福恒久远。

之一
雨雾天难清，节远尤思君。
忙忙碌碌里，何处风剪春。

之二
寒夜莫伤离，期守数晨曦。
相知心无隔，诺许聚有期。

之三

岁月本无尽，痴心言不休。

相约黎明前，携手华胥游。

之四

影归俩不离，搀扶踏花溪。

笑忘京都滞，但闻雏鸟啼。

山水在心中

壬辰二月十四日，寄语树君：不知早晨的毛毛雨有没有浸湿你的秀发，有没有浸湿你的外衣。在这绵绵长长的寒冷季，人们大多倦怠在蜗居的时候，唯有你，登楼凭栏，纵情抒怀，眺远望程；唯有你，临湖伫江，饮风映沙，忖古思今；唯有你，批卷著文，泼墨挥毫，传道治学；唯有你，朝耕夕耘，运园筹业，规划人生。人们或哀怨春迟归早逝，或伤感花娇艳脆弱，可曾留意，在树君的世界，生命之花一直在静静开放，智慧之泉一直在默默流淌，愿景之梦一直在轻轻飞翔。在那里，春意盎然，生机勃勃，如诗如画，繁衍不止，激扬无息，如斯永恒。树君复句：读君细语馨，木兰已含香。携手凭栏眺，山水在心中。

湘楚彷徨愁绪添，云雾弥漫春雨寒。

锦帕曾结金玉梦，红豆难衍三生缘。

聆幽溪泉待何日，品韵松涛醉乐仙。

定教此情人间有，莫让相思荒流年。

与树君互勉句

愚人曾自语：不弃田地瘠，勤耕有收成。2月17日夜树君语：人生烦恼无限多，却道生命最可贵。但看草绿又一年，岁月无痕春去归。细雨绵延天沉久，一日放晴尽惹愁。东西南北不同景，虚度时光处处惊。又云：春暖花开会有时，草木已将绿绕枝。不辍耕耘雨水节，清明访柳看桃李。

礁石不惧海蚀

因为它

无比坚定

青松不畏雪压

因为它

格外坚强

野草不恐火焚

因为它有

深埋的根

我们要

勇敢面对

如礁石般傲立

如青松般挺拔

如野草般顽强

不畏惧

不退缩

不放弃

永远携手前行

不知名小草

就这样一个

寻常的角落

灰墙下

泥道旁

就在这里

生长着一片

不知名的小草

千百年来

无数人经过

无数人踩踏

任凭日晒夜露

任凭风吹雨打

年复一年

夏炎冬寒

从没有牢骚

从没有哀号

总是默默含笑

舞着她自己的舞

歌着她自己的歌

和着她自己的旋律

装扮着这小小的时空

就这样年复一年

荣衰更替

默默地发生静静地成长

从未奢望呵护

从未曾奢望

离开这片

贫瘠而寻常的土壤

伤旧

　　思念像滴滴春雨淅淅沥沥连绵不断，祝福像丛林翠绿层层浸染伴岁月不停繁衍……相遇相识缘有时，问寒问暖情无期。

人生如梦心如水，春发秋落一轮回。
莫怨夜寒孤枕湿，古来几人醉同归。
兰草花香不复再，疑虑纠结永愧悔。
福音袅袅有尽时，唯情缕缕无绝期。

又伤时令近春分

　　树君有句：野马怎堪束，春来当自奔。花开留香名，天降大才难。又
云：风起云涌时代新，与世俱进人杰灵。不畏险阻鄙虚名，但看花艳开
无痕。

之一

遥感心絮复振奋，不觉时令近春分。
常图作为无作为，欲掩断魂尤断魂。
梦回年少志难释，情绝无束旷野奔。
应是淡名情薄好，方得落泪人堪闻。

之二

久发伤忧淡悲欢，常怨无为终遂愿。
古人不解今人惑，痴心无悔知心还。
冬寒春暖无异别，蓄势喷薄小东山。
会有驰骋千骑日，笑傲逐鹿万隘关。

闻友人染疾

　　日暖草木绿，花艳浓春意。莫恋春浓处，娇艳匆匆逝。默然度炎夏，
淡然望清池。冰霜不逊美，孕春雪寒时。

之一

世尘蒙苦难，人生自多艰。
花开谱谢曲，潮起咏落还。

闻讯生伤悲，怀旧延责怨。

自强藐险厄，天命何以堪。

之二

千年酿情缘，万里隔相知。

种情声声苦，守爱心痴痴。

丛林幽窗月，京都梦秋池。

祈祷泪满眸，康复会有时。

凝望星空

望那深邃的天空

你是那颗最明亮的星辰

你那美好而悠远的愿望

映射在静静的水面

唤起青蛙自由的歌音

望那广袤的天空

你是那颗最美丽的星辰

你那温暖而柔和的光亮

演绎着古老的童话

点燃黑夜浩瀚的星云

望那渺茫的天空

你是那颗最神秘的星辰

你那看似永恒的轨迹

承载着人类懵懂的梦想

推动着科学文明的进程

望那清朗的天空

你是那颗最明亮的星辰

你那美好而悠远的愿望

映射着静静的水面
唤起青蛙阵阵自由的歌音

春日离别独东行

24日夜航班延误滞留黄花机场，摘小语：风云测难知，黄花滞子时。幸得树君语，两眸满相思。树君云：春深草木深，人老情义老。分别有期数，再见倍欢好。

东行千里新别离，西窗万点春雨急。
谁厌朝暮相厮守，但求作为心无悔。
天道酬勤共勉励，海角动情同许期。
不负华年任痴狂，尽染鬓发犹偎依。

黄昏送树君远行

树君旅途遣句：分别处，伤心时，话语低低急，不堪小聚又别离。晚风紧，吹彻雨，人声鼎鼎沸，回眸深处又相思。愚人回应：天色沉，近黄昏，浸一城烟雨，掩尽万条旧与新。栏依在，君兼程，任千结相思，凭眺天宇合复分。

假日愁绪万端生，莫怨海角孤舟行。
尚有祝福长相伴，梦落西窗花为邻。

流放自我

曾留言挚友表白：岁月易逝，真情难忘；严寒酷暑，吾心常往。是啊，不经意间，岁月从脸颊不停地淌过。没有想过原由，没有掂量结果，就这样，我放任自己的情感与作为，把生命谱成一曲苦涩的歌。不在乎荣辱几何，不在意世人品说，只要那一线理解与共鸣，那一筐自由与尊严，我的心便甘于沉默。

年少空有鸿鹄志，青春自赏孤芳诗。
南迁北徙烙恨事，春花秋月漫清池。
人生何处知音遇，晨夕对窗墙影痴。
心存遗憾生情苦，曲终幽怨化蝶时。

别树君北行

炎夏别君独北行，夜幕笼野静无声。
谁言至爱无心事，纵欲情海任舟横。
信誓旦旦语多失，壮志稠稠愿少成。
谨小慎微实足下，聊慰窗月清风乘。

临行夜起风云

风狂雨暴树欲断，电闪雷鸣云遮天。
虫鸟绝迹变换急，水街空寂光色暗。
旬日分别光阴长，千结萦绕人生短。
莫道行程多险阻，寻爱天涯不畏难。

离津返星城

云开现天光，楼立隐人忙。
九霄世尘落，一览胸襟旷。
应仰麓山秀，共渡潇湘长。
岁月去无痕，山泉流溢芳。

等候

之一

悠悠岁月逝，劳劳行程迟。

夏季多变幻，晴雨难预知。

早早赴航楼，久久机舱滞。

心躁相思苦，欢聚待何时。

之二

匆匆星城行，茫茫车流横。

离别太远久，思君梦境真。

莫怨费周折，但信善至诚。

草青滨海阔，云淡天际轻。

夜染相思痴

树君语：君又远别行，分别若经年。分明有怨恨，但作欢笑颜。人生本苦涩，怎求事事全。今宵月无眠，只祺君平安。

之一

灯弱路人屏，风细岁月慢。

夏深热浪重，月高不思眠。

伤却离别后，旧怨浮眼前。

怎堪经年逝，子夜品君言。

之二

忙碌岁易失，空闲容颜弛。

昼望南国远，夜染相思痴。

殷殷关怀在，拳拳心自知。

人生不惧老，当惜守君时。

塞北行

壬辰立秋前后，前往呼伦贝尔大草原，游览满洲里国门、呼伦湖、莫尔道嘎森林公园、根河湿地等，泛舟浸雨额尔古纳河，骑马驱驰室韦边陲小镇，那青绿原野上如点点繁星的草垛，那矮树灌木丛的草叶轻依的溪河，那热情欢快的俄罗斯少女的舞蹈，那厚纯粗旷的马头琴声，把我对敕勒川的向往，对大自然的热爱，遗落在这片毡房点点、牛羊群群、炊烟袅袅、白云悠悠的世界，随花草摇曳，任净土环抱，伴那明澈而清凉的额尔古纳河水静静流淌。

> 呼伦湖心天色蓝，塞北原际穹庐远。
> 室韦界河鸟孤嫉，白桦丛林手共牵。
> 金帐汗蒙水曲怨，琴声悠扬云影淡。
> 蒙兀恒火秋早立，松涛激荡大兴安。

泉歇秋韵夜

有言道，事物无尽，奋斗无期，身心无价，情爱无边，思念无时，幸福无限。人生近秋，幸闻树君句：春往秋逝近冬节，忙碌岁月又一年。儿女渐大费心神，但求健康长平安。情到深处多怨语，不知已结同心圆。想往昔，琴瑟和鸣，弄玉吹萧忙。念今日，事业奔忙，抚儿育女强。展明朝，亲爱相依，爬山涉水闲。一望浮生，两处相依，银发童心，白云悠悠然。

> 泉痕歇麓西，秋叶浸凉意。
> 夜半酸枣落，风影惊梦栖。
> 山径长静寂，林丛曾相依。
> 临窗不见月，今朝是何夕？

夜复树君

树君自皖寄言：夜深人迹远，相思存梦中。无奈功名禄，奔波又一程。遥问雨停否，苦瓜翠依然？不解风情者，最是林中风。树君还问及爱与魅力，愚人戏语：树君问啥，愚人心里乐开花，一心要自夸。可惜太傻，纵然风情千万种，给他也白搭。若论魅力，当属树君别无她，才色冠天下。指数天穹，仙子玉女惭形秽，人力非造化。

之一

远川堤帆平，近山雾霭轻。

出伏翠依旧，入秋气更新。

昨雨断断续，今风柔柔停。

天色冷夜幕，树影静鸟鸣。

之二

粤鹏少气冲，津蓟苍颜笼。

星城情种埋，麓南怨枕空。

桃面映花梦，佳人笑春红。

不解秋月冷，长作林中风。

中秋抒怀

假日闲暇续悟人生，晨偶言：想见不得见，思为无可为。生命之境，唯真唯美；人生之愿，尚善尚恒。随即收获友人句：遗憾也许最美，错过才能永恒。愚人很是感触，摘句回应：天地恒，景变迁。流年不恤恩情断，海角天涯，梦里依稀银河岸。人颜老，心还乱。世人皆妒护花欢，芬芳四溢，赏心悦目朝夕伴。及至日斜，得空隙，复吟句，凡五首。壬辰十月七日记于麓山。

之一

中秋时节月若箫，一曲思亲连断桥。

江水连天云影碧，西窗含竹梦魂销。

之二

黄金假期人如潮，千里相思挂树梢。

众里回眸烟花乱，孔明灯熄天穹遥。

之三

至爱小别长劳劳，月夜欢聚语悄悄。

人生难得知音伴，共苦生乐泊寒窑。

之四

山麓栖守度晨宵，勤勉力行烙归巢。

何惧寒暑风雨急，期许出海共弄潮。

之五

霜染鬓发光阴催，梦涨秋池成追忆。

花仙怎堪伊人美，聪慧妒煞百仙醉。

黄昏悟语

之一

中年回首蹊径遥，斗室爬格激扬消。

日暮地沉余晖暖，风细叶垂枝轻摇。

之二

长守山麓本性归，酌品井泉灵悟滔。

愿泊林野经霜染，相邀月晚赏雪飘。

之三

应是而立风华茂，春意盎然贯云霄。

生命有价人有情，得失无常心无骄。

晴秋送别君

深秋晴日好，暖意满树梢。
叟姥相出游，街市满嬉闹。
学堂书声朗，工地井架高。
莫羡青壮呼，人生福老少。
漫漫求索路，袅袅绕笛箫。
登峰揽江川，君去万里遥。

礁

曾在蜈支洲岛
看那被海水浸蚀的礁
不知道多少年
不知道多少潮
它们默默承受
任风浪咆哮

并非坚不可摧
它们被击打被盘剥
百孔千疮备受煎熬
没有责怨没有牢骚
它们一直坚定地踞守
自己的坐标

经历一代代海鸟
繁衍生息
览尽一批批航船
扬帆起锚
任日月交替山海相望

它们从无心动恪守终老

重阳自省

昨夜梦境近孤村，今晨重阳远双亲。
未尽孝敬少服伺，恪守操道甘清贫。
幸慰年轻多秉承，助学济困安居身。
莫怨膝首两难全，长怀愿志背井行。

重阳望灵麓

日照星城秀，凤鸣麓山幽。
楹联霸气在，学苑樟杏古。
沟壑灵泉歇，骚客止闲步。
亭榭寂静生，枫叶不堪秋。

伤情

之一
淙淙流水逝，匆匆霜秋至。
往事堪回首，知音曾相识。

之二
花儿少年歌，唱彻夏荷池。
红蜓嬉戏早，愁煞墙外枝。

之三
举世论娇艳，舞韵惹娇痴。
冬长阳春短，意落未尽时。

之四
悠悠岁月驰，遥遥泪人滞。
西窗冷月起，梦呓乐耕织。

秋夜江堤怀旧

壬辰十一月二日夜漫步湘江堤岸。金黄的月挂在天空，我的心在徜徉。淡淡的云里，星星眨着眼，像若隐若现的你，驾着清风，飘然而至又飘然而去。江堤，卖棉花糖的大爷，用陈旧的推车辗着沉重的叫声，唤起我年少的回忆。一盏许愿灯在黑沉沉的江面上缓缓升起，慢慢往高处飞，一点点闪烁的光亮渐渐变弱，渐渐远去。它似乎带走了我全部的希望与梦想，而我一生无悔，因为我知道，它去的地方，你就在那里。

> 月盘淡薄清风急，河床高突秋水低。
> 朱张摆渡沉千古，徐左佳话遗一奇。
> 世尘无序多游离，生命有年寡阶梯。
> 毛蔡风华指去处，江黑夜深人迹稀。

秋晨妄想句

晨发妄想，成句与树君共享。时过一刻，得树君于泉城赠句勉励：伤情多怨月缺圆，才志难没人近远。先人已逝留佳话，子君傲渡鹏津关。五洲海外结友谊，三湘大地缔奇缘。天遣使命终不没，定当御风行有年。

> 江山万年隔齐楚，伊人一夜生乐愁。
> 词不堪遣容颜悴，晨光依旧泄灵麓。
> 谁言无语痴情疏，何日有缘随舟流。
> 淡定古今离合事，笃行天地生命休。

树君晴日远行

11月12日树君刚从武汉讲学归来，又前往津门讲学，可谓不辞辛劳，让人生怜惜而又钦佩。恰遇天光晴朗，蔚蓝无边，于是摘秋高气爽、鹏程万里句相送。

晴光万里驱秋寒，鹏志一举摧朽残。

唯有勤勉长思为，不负使命天地间。

百年难遇知音聚，更堪尘蒙曲径暗。

惜取灵犀纵有时，不舍跬步敢问巅。

志在江川相勉励

壬辰十一月十四日，树君悉知申报社科课题未能入选。但见树君心境清明平和，谓学术生命是永恒的，举科研做实验皆为社会之发展，而非为沽名钓誉，令人景仰。

晨饮溪泉暮仰枝，手揽亭风足印石。

寄情山水胸襟阔，淡却世尘名利事。

有心图报莫嫌迟，无忧思为勤耕织。

江川自有日月照，春华秋实无尽时。

拾句回应鼓掌友人

朝夕思君无尽时，何日击掌慰此痴。

往事历历目盈泪，人生苦短华年逝。

曾经隔望湘江水，期许促膝梦吃志。

若有来生相厮守，定约同渡风雨执。

冬绿

树君说，她很喜欢无名的小花小草，一如读高中时，放学回家的路边小院的篱笆上那静静开放的小菜花。那个时候，金黄的油菜花在春天的田野里四处弥漫，五颜六色的牵牛花在夏天的清晨绽露着朴质的笑脸，稻香的秋天更有无数的小花朵点缀在田埂沟畔，短暂的童年就是这样如花般的美丽绚烂。还记得那时的一些情景，冬天的黄昏，常常会看到输电线上停着的小鸟，衬托在远远的山峦下，映照在落日的余晖里。那鸟，线，余晖，山峦，在寂静而空旷的原野，构成一幅美妙的画卷。自然的美，到处可见，那么随意，那么平淡，却让人由衷地喜爱和依恋，让人触景生情，让人肃然起敬，让人久久难以忘怀。是啊，人如其景，心如其境，其境如诗，其景如画。朴质、平静的树君一如那无名的小草小花，一如那大自然中平淡恬静的画卷诗意，其实这才是人品中的极致。而我呢？我喜欢松樟杉柏，喜欢那些耐寒的常青树，但我更喜欢竹，喜欢油菜白菜这些抗寒的草本植物。小时候，寒冬腊月，冰天雪地，到菜园子去拔一棵白菜，和腊肉炖一锅美味晚餐，觉得很满足，很幸福。偶逢大雪封山，用棕裹着脚，走在崎岖山路，沿途可见嫩绿的油菜和麦苗。它们顽强地支撑着压在它们身上的雪，从缝隙中散发着不屈的宣言，迸发出希望，昭示着生命的春天。从那一刻开始，在我心里，寒冬的绿远比春之花灿烂。

你在寒凉里生
在冰雪里长
你在万物沉眠的时节
在一片寂静的世界
顽强地存在

没有鸟与你和鸣
没有虫为你吟唱
深邃的月光那么冷漠
日暮的清辉那么无情
你唯有自爱自珍

在风沙弥漫的北国
干旱酷寒围剿
你在枯黄的原野
坚守着沉默的大地
守护着根

在寒流侵袭的江南

阴冷潮湿浸泡

你在偏僻的山野

浸润着生命的胚芽

昭示着春的宣言

你就是冬天的一点绿

在寒凉里生

在冰雪里长

坚守一方土地

珍惜每一寸时光

长守鸣泉饮涛声

壬辰秋冬多雨水。树君常驱车数十公里去工作，早起晚归，风雨兼程，甚是辛苦，让人怜惜。曾捉句相赠：冬冷雨寒风凄清，车多路遥君兼程。莫论志道勤者酬，终存欣慰苦心人。树君回应：风凄凄，雨淅淅，一路兼程同往昔。俩相知，更相惜，但守誓言共灵犀。

风雨凄凄送兼程，寒心揣揣望黎明。

莫问世间熟景仰，才思勤力唯属君。

聪慧博学冠榜名，杏坛耕耘绕梁音。

唯愿天道随人意，长守鸣泉饮涛声。

指点江帆碧涛风

壬辰年末，树君往豫讲学，行前曾为孩子学习而烦扰。翌日清晨相诉：听了一夜的风声，呼啸处竟也有一种凄厉之美。风似乎用尽了自身所有的力气，盘旋于屋顶，沉吟于树端，似有道不完的苦涩与委屈。读罢，心生感慨无限，复句以慰：风纵流徙而常有，树虽生根不长在。世道沧桑生而逝，千载不过一瞬间。不纠对错不结怨，苦闷笑释心豁然。生命原本多磨难，随风而逝不复还。孩提当享童趣乐，莫待成年重负肩。及至黄昏，又寄语予树君：光阴荏苒，大爱无限。生命纵逝，花月易残。良愿美梦，昙花一现。惜取亲爱，珍藏心间。求真唯美，崇上尚善。自强自立，快乐恒远。

　　　　寒岭连天雾霭浓，古樟蠹地庭院空。
　　　　草叶厚积经霜染，沟涧长鸣涤岩垒。
　　　　卧栖山麓四时匆，偶行中原千里纵。
　　　　任由曲径酷寒漫，指点江帆碧涛风。

岁首望

　　树君曾寄语：叶零落，云飞扬，不觉已是深冬节。相依偎，共图强，不惧岁月匆匆逝。论中外，辩古今，笑谈山水自得意。念天寒，怕君凉，朝起莫忘添衣裳。其情之深，心之切，溢于字里行间，甚是让人感动。是啊，思忖人生，艰难、贫困，并不能剥离自强与快乐。唯亲、唯爱，才是生命活力之本，幸福之源。守寒冷冬季，聆新岁钟声，幸有亲爱存于心间。孰不知，人生之旅，求索之路，因为至亲而温馨满屋，因为爱恋而生机满树，因为梦想而信心满怀，因为真情而欢乐满途。

之一
　　　　山沉树劲狂风啸，雾漫雪飘江川辽。
　　　　两眼冰洁清凉醉，独立岁末人事遥。
　　　　勤勉善思志不夭，轻名淡利乐扶笤。
　　　　为人甘做溪流水，击石和鸣青云霄。

之二
　　　　栉风沐雨栖星城，筚路蓝缕绘人生。
　　　　无求锦衣耀千古，但得傲骨镌清明。
　　　　浮云人生难一遇，世间真情胜万金。
　　　　长怀感恩剪烛时，又逢岁末倍思君。

灵麓冬晨

　　园林育树，园丁除了培土、浇水、施肥、除草之外，主要是修剪。生长主要靠树苗本身。雕塑则不一样，主要靠工艺师切割、填补、装饰，材料完全听任摆布。育人，当效仿育树，但人有意识，有思想，有个性，因而更难。忆古人云天下，大心容物，虚心受善，平心论事，潜心观理，定心应变。当下愚人，当爱心容人，诚心受诚，静心治业，慎心传道，无心求名。愚人记于公历 2013 年初。

　　　　　旧檐青瓦映窗色，清雾薄纱卷沉疴。
　　　　　枣枫叶落山犹翠，大地无声百鸟歌。

晨望

　　晨立窗前，远望江涛，近听山泉。但见云雾渐开，百鸟出巢，尽显晴暖迹象。收悉树君句：阴霾天，人憔悴，车行数里心惶惶。看透天，踏破地，奔波忙碌生慌慌。细品，心生悲凉。良久，渐平静，勉强寻句予树君以相慰勉。壬辰腊月初五于枫林村。

　　　　　　　之一
　　　　阴霾渐散云见开，细泉长流鸟鸣在。
　　　　不惜勤勉收有时，自屑无为徒徘徊。
　　　　　　　之二
　　　　不以物是论悲喜，不以人过言是非。
　　　　世尘一刻亦沧桑，勤力思为终无悔。

礁石云梦

　　昨夜梦君南山石，屹立海边望无声。吾为云丝轻轻依，相伴永远化海魂。

君若礁石吾若云，礁石千载任海侵。

潮涨潮落岿然在，数尽天涯日月升。

流云依依为君动，化作团团泪水存。

凝聚飘散痴情往，朝追暮随复永生。

莫怨吾身柔如丝，只因君心系吾魂。

纵然君身为海噬，魂丝悠悠绕君心。

鱼跃鸥飞悲啼鸣，桨荡帆扬去无声。

石云至爱憾千古，礁老云逝化海魂。

对句烦遣消

　　春节夜生忧难眠，作烦闷句予树君，得抚慰语：何生烦闷果，源自心忧国。红豆将军往，今看吾帅舵。将军拔剑南天起，我做长风绕战旗。高山流水唱无休，知音千古永不弃。翌晨，又摘句发予树君，更得佳句相慰：愿随吾君走天涯，不惧炎寒囹圄苦。自古大器晚来成，只因已解功名缚。不羡荣华富贵人，自有使命豪气负。来日直指江山阔，却为执手遨江湖。来时今世均一世，骂名美名皆一名。生命长短本不畏，死而无憾更何惧。人生风雨寻常事，江湖垂钓翁自娱。放眼天地古今同，有鱼无鱼尽欢余。

之一

茫茫人海愿景空，默默隐途与君逢。

布衣素食使命负，不辱生命炎寒中。

之二

今夕杞人忧天重，明朝锋剑斩长风。

纵然囹圄身世后，依稀梦境破浪终。

之三

力不自量负骂名，逢君无悔有今生。

但得魂灵来世在，依旧执手奋然行。

盼重逢

树君句：烟波荡尽过往，丛岭又数几重。盼重逢，昨夜依稀缠绵雨，应是梦里相见早。愚人联句：正沐日高窗照，执手依在梦中。相思苦，南国乍暖还寒，幽怨踏青春来迟。

之一
春节潮涌过匆匆，大地渐寂空濛濛。
年承千载欢聚庆，人隔万里忧思梦。
勿忘山水相傍永，依恋泉石和鸣中。
待到寒尽绿染时，红紫依然笑清风。

之二
月影蒙蒙心相逢，绿条依依情生梦。
江堤漫步灯火远，灵麓栖息光阴匆。
悲欢离合寻常事，磨难历练求索同。
知音南北隔无悔，朝暮魂归听林风。

惊蛰偶成

百草难妒樱桃娇，一夜爬行满枝梢。
晴杨堪比节庆好，粉红遍染客如潮。

春怨遣拙句

檐旧柳掩墙，春新绿映窗。
节至怨佳人，虚度负时光。
江堤芳草长，橘洲艳花香。
踏青待何时，转瞬银丝郎。
弄句相思惶，沐阳鸟啼伤。
望春春无泪，解愁愁断肠。

黄昏岳麓晴照

树君云：浮云已散花开早，阳春三月不惧寒。玉兰犹立枝头俏，蓝天晴日倩丽影。

仁望灵麓指天涯，散尽阴霾染晚霞。
偶遇闲适寻故路，惹得相思密如麻。
玉兰花娇尚未察，枣枫新叶竞相发。
晴照江南暖天地，谁忆塞北漫黄沙。

春色孤韵

春色诱人山居潮，鸟语浸心晨雾飘。
适值弄柳踏青时，却染清寒淡君笑。
梦里相惜低低语，窗外对视唠唠邀。
茫茫天涯应无恙，暖暖晴阳再登高。

春天树的歌

感谢阳光照耀，为我缝制美丽的新衣。感谢春雨滋润，让我在沉睡中苏醒。感恩清风吹拂，把我梳理得更加洁净、柔顺。感恩辽阔的大地，给了我一抔生根的土。感恩广袤的天穹，让我生出飞翔的梦。我，也感恩自己，自从离开父母的那一天起，就不惧怕炎暑和寒冬，因而，任春去春来，我长怀感恩和幸福，陶然而舞，默然而歌，过得如此洒脱、从容。

之一
日晴夜雨谷米陈，勤耕苦织山川新。
不怨水流落花去，但闻风轻歌舞鸣。

之二

往事沉积一梦织，新叶笑绽百年枝。

阴霾散去晴天好，正是奋发图强时。

时近清明言情志

近清明时节，明媚的阳光映照着江南秀丽的春色，树叶、草芽静静地生长着。眼前这片山丘、池塘、草地、民居、马路编织的图画竟然如此清新迷人。是啊，峥嵘岁月，很难得这样，一个人静静地坐着沉思。原本想着勾画那一直渴望着的、美好的、令人振奋的未来，可是记忆中那无数曾经有过的奢望、诱惑和心动，却又在眼前跳动起来，影幻浮现，光怪迷离，麻醉了我的知觉，浑浊了我的心情，不知是乐还是愁。或许，这正是我常常孤芳自赏、得意知足的如梦人生吧。2013年3月29日于星城。

千山难隔两心连，万水易逝一缘牵。

痴心无悔南北往，佳缘有时风雨还。

冬夏伏案苦耕欢，日夜驱程乐释难。

人生苦乐能几回，直教耕释慰九泉。

飘然而去

如果你只是路边

无名的小野花

那我会轻步而过

随身所遇

安心而去

因为你

不惧怕吹打

不畏践踏

任风云变幻

洪涝肆虐

你会坚强地
绽放在这里
年复一年
默然栖守
无声无息

如果你只是河床
无名的小石砾
那我会轻舟而下
无忧无虑
飘然而去
因为你
不惧怕冲击
不怕磨砺
任时光流驶
沧海桑田
你默默诠释着
生命的始终
日夜潜伏
甘愿埋没
无怨无悔

我不知道自己
能走多远
不知道自己
能否乘风破浪
我只会
心无转移
默然前行
或许
我越去越远

我们永远不复相见
但你已镌刻在
我的心底
我们的魂灵
在天地间
早已浑然一体

阳光明灿灿

　　树君曾有句：风雨晚来急，相思却早伏。花落黄昏泪，不知人更苦。转眼旬日已失，换来阳光灿烂，春光明媚。于是触景摘句予树君，欲告知春和景明，事举人兴。其中有句：阳光明灿灿，伊人忙碌碌。相思密麻麻，音息杳无无。清风细柔柔，嫩叶绿油油。存志独往往，醉卧花扑扑。寻径湿漉漉，闻泉鸣汩汩。青云飞扬扬，伏枥闲悠悠。4 月 7 日记于灵麓枫林。

垂枝欲静思绪飞，翠绿传意光阴催。
春晴竞发正当时，天道酬勤尚无畏。
梦里多幻情苦迷，醒来难觉寡为悲。
惜取璧石付千琢，莫论全碎同一归。

深春情怀

　　盖君四月中旬借语赠言：人间正道是沧桑。Lily 亦赐勉励语：看您的文字，思绪总是会随之激荡，时而似和风拂面，时而又似花香满屋，时而清新，时而浓郁！钦佩之情无以复加。

有些阴沉的天
让人怀念晴朗
窗外清脆的鸟鸣
唤起人

对自由的向往

很多时候

在浩瀚的世界

生命显得何等脆弱

直到此刻

我才明白

做人

要自己坚强

历数凌风凄雨

川

依然滚滚奔流

山

依旧耸耸轩昂

岁月演绎纷繁

唯有爱与信念

方能永恒于

浮华沧桑

人生何苦渡今夕

　　愚人有痴语：想你在黎明，想你在黄昏，想你在清晨的鸟鸣中，想你在近暮的霞光里。当暖暖的阳光普照着湿湿的大地，眼前那林又会新枝蓬发，那路又会过客若云。我知道，草木的繁茂即将掩埋春天的足迹，曾经的人事会渐渐悄然无声。只有我很清楚，我们的爱会一直栖泊在那里，任风雨变换，任季节变迁，它会一直守在那里，从无改变。此言唤得树君诗语：清明节后晴日多，眼见春归无处觅。何伤花开花谢早，笑依君怀听春语。4 月 12 日记于星城。

之一

烟花焰火转瞬熄，知音亲爱终归离。

莫为情长事业久，人生何苦渡今夕。

之二

容颜枯槁南北徙，荣辱散尽悲欢稀。

大任磨砺多承劳，甘露淡饮会有期。

树与影

梦里依稀对树君语：多年来，你的聪慧、美丽、精明、尚真，让我好生倾慕！谢谢你在我生命驿动的日子，给了我无数欢欣、喜悦、自信、向往和勇气，你的才华，连同西湖的月、白洋淀的荷、黄石寨的岩、室韦清亮的曙光……让我生梦。谢谢你，人生拥有知己、自信、自强，拥有梦，或许已经足够。让我们永远厮守在灵麓山下，浸泡在花香鸟语声里，包裹在草色树影丛中。

君为树来吾为影，世间难得与共生。

日月更替永相随，适逢春雨君必新。

莫伤阴霾吾踪匿，魂系根须影在心。

不信影重皆虚幻，千年树古唯影亲。

晨言支点相慰生

晨风暮雨春已逝，天气日暖光景异。深耕细作忙无空，满园翠绿让人欢。君言轻巧实不易，终不负汝有心人。清贫自得舞文墨，支点教育慰余生。品树君句，甚为欣慰。愚人曾经为赵一荻女士对张学良将军的爱而感动。2010 年到夏威夷檀香山时，很想祭拜"神殿之谷"，可惜没能实现。在漫长的幽禁岁月里，他们种菜、喂鸡、养花。细细品味，其实他们很幸福。人啊，有梦，有追求，就有快乐，有幸福，即使无法实现，也幸福。期待有一天，我能做自己喜欢做的事，看自己喜欢看的书，写自己喜欢写的文字，寄思于清池云影之中，忘情于青山绿水之间，乐以终年，人生之幸矣。

偶观江堤诧草新，长居山麓乐泉鸣。
劳作运动生活适，儿童支点诗文兴。
淡泊名利远富贵，思崇美真隐枫林。
天生才气当莫负，地荒容颜相携行。

闲愁遗亭晚花香

炎炎烈日悬，茫茫山川焰。树君劳作苦，晌午可得闲？立窗竟独览，相思人去远。欲借兰峡风，同饮白鹤泉。端午节后记于麓山。

朴朴土依石，熠熠日生光。
朝朝何所为，夕夕淡闲忙。
庸庸身困乏，寂寂心凄惶。
款款梦境行，茫茫路何往。
萋萋草叶茂，簇簇花锦香。
薮薮兰亭幽，清清水流觞。

盛夏杏园有感

夏日炎炎物土焦，小城嚷嚷人车嚣。
云团弥漫风欲止，草虫匿迹鸟栖巢。
适值学子功成时，舒展衣帽桃李骄。
江川自有灵杰出，封鞘染颦锄菊茅。

长年相思怨四时

朝霞夕云时日匆，石阶鸣泉千古同。山水遥隔一枕梦，问候祝福倾慕中。

春花似锦却怨春，深秋丰实不堪深。
冬寒夏炎匆促过，身忙心闲四时真。
情迷痴恋梦予君，日夜相思寂无声。
人生经月几回圆，临窗望江水天平。

伤旱

之一

骄阳似火草叶衰，土壤浅薄园地灾。
纵有沟渠亦空许，源竭何言活水来。

之二

半尺焦土三尺缝，千片瓜叶一片鬃。
梦回春日绵绵雨，满眼嫩绿郁郁葱。

夏日偶句

入夏光景自不同，出行晴雨不测中。
烦躁闷热多珍重，任它烈日与腥风。

昨夜犹起相思梦

愚人虽自愚，却愿意为独具慧眼灵思者而笑，而泣，而默，而歌。6月27日晨雨，拾相思句，树君应句：幽谷生幽兰，蛟龙藏深潭。为爱褪去傲，相守朗坤乾。思念时时在，牵挂刻刻悬。回眸嫣然笑，痴心恋红颜。

昨夜梦犹欢，清雨裹缠绵。
两行非苦泪，千丝掩笑颜。
淡定释心酸，娇嗔慧依然。
新枝立雏鸟，旧窗画幽兰。

雨歇黄昏人倚柱

碧绿满目轻柔风，天光映墙亮林丛。
倚柱仰望穹庐远，斜阳应在云层中。

送树君赴沪有感

树君赴上海，与恩师切磋"支点"论，得指点，自有琢磨之处。恩师常言："标新立异，自圆其说"。愚人甚为赞赏"标新立异"，至于"自圆其说"，则无需苛求。能自圆则自圆，无法自圆亦无妨。若有一天为他人所圆，此"新异"则更令人敬仰。是所谓，常思为则为，久琢器则器；求至精则至，敢立论则立。

岁月流金拔剑起，事业火茶挥毫急。
不辱寒窗数十载，定教人生绚一夕。

默然随笔

七月中旬，树君辗转、忙碌于沪、穗、乌（乌鲁木齐）等地，调研、会议、培训、讲座、访谈等，难得片刻清闲，十分劳苦。愚人虽闲居山麓，却适值伏夏，夜燥难眠，默然随笔，捉句予树君：吾愚逆天闻，顽疾自幼生。一夕与君遇，万股相思绳。从此枕无忧，任尔沟壑深。纵使鬓发白，结丝缠玉魂。竟然喜得评语：不仅有学术，连文术、情术也还了得！

之一
檐前飞鸟屋后蝉，黄昏参悲晨撒欢。
堪知窗下伤心事，布施鸣唤扰人眠。

之二
树君劳劳越塞关，愚人依依守君还。
欲图作为多忙碌，松青竹翠映山泉。

之三

村落长居林涛轻，子夜吠声远近闻。

莫非伊人归来早，踏破山静蓦犬惊。

相约梦中逢

　　树君赴新疆讲学，行程紧促，甚为辛劳。夜捉句相赠，得修改回赠句：不知情路关重重，唯惦伊人去匆匆。寻爱自有艰难苦，跋涉不怨愿望空。坚守窗月真如初，恒勇斩得楼兰踪。人生最幸知音共，相去万里一梦中。

不知丝路关几重，唯惦君去边塞匆。

播道自有艰难苦，莫负跋涉愿望空。

悉心体察维回同，恒勇寻得楼兰踪。

人生最幸知音共，相去万里一梦中。

与树君共勉

之一

万里朝午夕，旬日东南西。

炎炎夏伏里，匆匆多分离。

竞发正当时，不悔秋实稀。

生命有限年，倾恋无终期。

之二

孤梦寻千里，枕芯透泪涕。

自是相思苦，更为情疼惜。

勤耕何所食，劳织为谁衣。

复望晨色起，依稀蝉鸣急。

炎夏不堪热

炎夏不堪热，店铺多闭歇。
江堤仰静流，众山拱冷月。
知音去远久，蝉鸣空悲彻。
满目凋谢泪，藤架枯叶斜。

夏夜无眠枕相思

好想心生双翼
即刻飞去
好想轻揉你的秀发
吻一脸娇羞

忘不了衣袂飘飘
那是浪漫的追风岁月
山花灿烂
溪水奔流

我知道你是我的最爱
却不能天天厮守
谁能知八百里洞庭
也无法盛下我那绵绵的相思愁

好想让你知道
因为你我容颜槁枯
此刻好想紧紧握住你的手
一直到生命的尽头

愚者痴吟

日思夜梦心游魂，昏然又近午时分。
闲摘呢喃恨无序，感激树君爱本尊。
不问佳人饮食否，恣意吃喝活纯真。
但得对面相视笑，一泯哀怨唯痴存。

七夕望江月

之一

立秋过后望七夕，恋津去前遗一泣。
自古痴人伤情梦，何怨此生无知己。
幸得金秋与君逢，秀洒恩爱满长堤。
寒宫遥遥月朗朗，江水漾漾心戚戚。

之二

昨夜欲与共剪栖，君却不在窗烛西。
人生自古多憾事，朝夕浮云情伤离。
莫问广寒远近及，默然失落秋风细。
海河汤汤怨生梦，津沽遥遥绝无期。

清品如荷

瞻彼淇奥，绿竹猗猗；瑶琪晨露，草花依依。相信人间的智慧会闪烁光芒，期待人间的才华能诠释美丽；约许纯洁的魂灵能同泊共栖，祝愿坚强的人生会绽放幸福。

岁月若筝自蒙尘，真情如歌传无声。
高山仰止云影悠，流水奔涌风帆行。
灵麓更胜瑶台秀，枫林堪比兰亭清。
莫言寒暑思为久，梦染天地杏园兴。

致海鸟

虽然我
还只是一棵草
一棵自谓快乐的
枯草

但是
我找到了爱岛
还有爱岛上那片
乐土

因而明天的我
会是你梦中
那棵恋土的顶天立地的
参天大树

我们一起期盼吧
坚守哟
抗争哟
我可爱的海鸟

飞向海岛

曾经说
做一片平凡的三叶草
坚守地角山坳
尝遍世间炎凉
偎栖在
大自然的怀抱

曾经说
做一只勇敢的海鸟
飞越浩淼水天
亲历风雨阳光
去寻找
美丽的爱岛

哀叹海事大学杨元元
为何苛求改变命运
惊恐台北陈绫蕙
为何要沾染钱庄引火炭烧
人生该承受的
原本为清贫的煎熬

谁忆漫天曾芳华
谁料浮云不堪老
亲爱的树君
我们只要上善的方向
不要沽名酌利的目标

亲爱的
让我们去所有生命的故乡
找一片安静广袤的海岛
然后躲进那里
做快乐的海鸟

早安海鸟之巢

早安
我可爱的海鸟

昨晚树巢飞得很高
彩云成了他们的衣裳
蓝天充满了他们的微笑

拥抱
我美丽的海鸟
今日他们会过得更好
碧海中郁闷早已荡然无存
唯有快乐荡漾在树巢爱岛

珍重
我亲爱的海鸟
明日树巢不会再风雨飘摇
浩渺的天水是他们的乐土
幸福的爱岛是他们永远厮守的爱巢

溪与礁

我是山的儿子
你是海的女儿
不知道从山的怀抱到海
有多远
不知道寻你的路
有多难

我不曾犹豫
倾泻而出
跌撞中
飞起快乐音符
破碎时
化作雪白花簇

曾以为

你是一抱茂密修长的月竹

我用清澈与纯洁

把你滋润

让岁月摇动

你美丽的倒影

曾以为

你是一只勇敢自信的海鸟

浪潮

随你振翅而起落

广袤的云天

是你生命的归巢

有过蛰伏的日子

在幽深的枫林

静听雨声

有过淡定的旅程

在宽容的大地

我默然前行

其实你是海的女儿

我却是山的儿子

你只是我璀璨的梦里

一枕无法企及的爱岛

只是我生命旅途的一湾灯

望粤琼

树君应邀往海南师大讲学，感叹琼岛教育之薄弱。想粤地原本蛮夷之地，欠缺人类文明的积淀与底蕴，近三十年因政策与地理位置等缘由才在经济上发展起来，而琼岛作为流放地则更为荒凉。时至今日，粤琼之域依然不过是些外来的"快餐、快捷"之类，而教育、科技、文化的根基绝非一日之功，但我等相信经历若干年后，中原与世界文明流向这里，这里会逐渐崛起。2013年11月8日愚人记于岳麓。

> 粤域多荒夷，琼岛更凉凄。
> 岁月不止步，困流渐崛起。
> 融汇文明集，迁徙野蛮移。
> 明珠辉熠熠，南窗沸熙熙。

予树君

天上月弯轻轻轻，地下树影横横横。千里相思一帘隔，一枕温馨万载情。年少自负执孤傲，中年愚钝惧单行。愿与相携天涯路，摘得温暖嵌美文。十二月初愚人记于灵麓。

之一
> 万里远隔灵犀牵，几度相思期许还。
> 情到深浓多生梦，梦里欢娱对镜圆。

之二
> 日月交替照素颜，南北驰骋驱等闲。
> 无觉杏园求索苦，有幸幼林耕播甜。

之三
> 宏微审度智擎天，寒风凛冽力扬鞭。
> 不论酬道竞朝夕，割舍私爱勤生年。

之四
> 好事多磨恒志坚，勤勉不惧风雨寒。
> 无悔年华破浪时，有缘自在天地间。

送望树君赴福州

之一

心高志自远，岁末人难闲。

孔雀东南飞，千里旅程兼。

不惧风清寒，却念体羔单。

两日六秋久，盼君即早还。

之二

远岭锁雾深，近堤水溢沉。

久居湖湘地，慢怠他乡情。

爱国与江永，惜时伴山邻。

千载守一梦，无期同渡行。

和树君佳句

迎小满望炎夏，愚人仍无畏无惧，踌躇满怀。黎明，更有树君传递佳句：花开静静谢无声，情生脉脉知有心。不惧冬寒夏暑往，自留简籍文墨馨。读罢，更觉信心满满，心力倍增。是啊，世间还有什么比无私奉献、默默感恩、拳拳之枕、永不言弃更令人感动呢？人生最珍贵的并非集事业之大成，并非囊世间之富贵，而是甘于平淡，勤于作为，心专所往，情专所依，灵有所和，魂有所归。愚人此生感动于树君之至诚至勤，随和气韵，聊以抒怀表情，可雯 2014 年 5 月 21 日清晨记于枫林。

残梦忽遗见黎明，枫林尽绿闻鸟声。

千里离合同心在，一道行思志共行。

布达拉宫

布达拉宫无愧于世界之瑰宝，其气势、规模、奢华，令人叹为观止，仰视者无不叫绝称奇。布达拉宫既是雪域高原历史发展进程的重要佐证，又是愚昧众生、剥夺自由、宣扬等级、扼杀人之"自我"、巩固统治的坚强堡垒。然而，一切有悖于人与社会趋同发展的东西终将会被摧毁、被唾弃。或许正因为如此，布达拉宫才被极力地保护起来，供世人景仰与反思。2014 年 7 月 29 日凌晨可雯记于拉萨山城宾馆。

屹立雪域高原

距苍天那么近

离大地那么远

彰尽奢华

极尽权势

享尽富贵

高墙围隔

唯存遗历史

禁闭幽锁

石阶移步

唯昭示世间

等级森严

雄踞政教之巅

看乳白那般浅浮无力

看深红那般凝重威慑

愚弄虔诚

吸噬魂灵

固化治本

洞藏经卷

唯诠释宣扬

无我精义

猎采珍奇

唯扮饰渲染

神尊佛面

访藏胞村

林芝得访藏胞村，新院庭前哈达迎。
酥油奶茶酪颗香，甜歌醉舞漾喜庆。
更闻卓玛族落事，恩重幸福热泪盈。
天地融合趋势必，世界安好友善行。

雪原守候

无论容颜枯萎衰老
无论世事沧桑变幻
纵然蒙痛苦
受凄寒
我都会
在日月映照之巅
默默守望
因为有约
因为共鸣
因为同梦

无论栖息麓山枫林
无论漂泊雪域高原
即使守天长
候地久
我都会
在生命共往之所
静静等候
因为魂依
因为心许

171

因为有爱

立中流砥柱

峰峦云雾沟壑深，柱砥激流狮虎腾。
扶岩观眺一江涌，立岸聆听满峡鸣。

望雅鲁藏布峡谷

山体磅礴耸天云，水势汹涌滚地心。
万物映目皆渺小，一念孕怀生豪情。
雾裹雪覆峰峦隐，林掩幡饰壑岭灵。
纵使世人相忘久，自然造化惊鬼神。

观《古道传奇》有感

文成昭君万里尘，藏典胡风千年音。
古道传奇载青史，今世评述众纷纭。
不争当时交融深，更有凄苦思乡情。
人生有根难背离，大漠无垠埋幽魂。

唐蕃古道行

古道洒晴暖，夕阳美山川。
不言茶马苦，难割藏汉连。
伸手摘云团，闭目思故园。
人在天际行，心已随君还。

望可可西里

晴夏向西驱高原，心境释然天地宽。
两目穷极沙千里，一脉绵延山万年。
牛羊稀落觅草难，藏胞牧徙饮世艰。
旷野苍茫荣华远，朝夕游栖白云间。

过唐古拉山口

乾坤竞高远，砂石驱清寒。
绿草弥足珍，云雪不相见。

穿越盐湖

平直的大地
空旷而沉寂
微弱一点星
细弯一线月
无法将旷野的黑沉
驱散

偶尔闪现的
一点两点灯火
似乎为了
向世界宣言
生命的存在
但时空
终究挡不住
列车的穿越

天边

渐渐发白

地界那边

终于现出

无边的云海

缝隙间

光明

渐渐强势起来

淡淡的白

微微的红

亮亮的黄

云海

像是魔幻的舞台

演绎着绚烂与霓彩

就在我的期待中

一轮火球

喷射而起

四射的金光

封住了眼睛

整个世界

没了大地

没了云海

唯有

温暖满怀

晨曦的呼唤

这里封存的

是一片冻土
孤独的一星一月
凝望相伴
诉说着无尽的凄苦
空旷
沉寂
是广袤无垠的大地
宣示着
永恒的答案

掠过荒芜
沿途沉睡的坑洼
高高挺立的
电缆架
好像在低吟
我懂得
那是一种
略带悲哀的语言
一种不甘被遗忘
不弃坚守的呼唤

谁愿意失去
栖居的土地
谁能说荒芜可以舍弃
守护吧
大地之子
听那呼唤
是天籁之音
守根固本的天音
它会把我们的灵魂
带向遥远

津京途拾句

　　3月10日与美术教师八人赴北京中心。沿途阳光喷洒，天地暖暖。随揽所见，并与相思，凑句二则，发予故乡知己以共享。不多时悉友人回复：时光恒驰近春分，伊人长隔满泪痕。湘江静流堤岸冷，麓山兀立风云清。勿忘莲塘廊亭夜，闭帘空屋弱灯明。吾生多情多无奈，孤存痛心听雨声。

之一
日照大地暖，塔擎天穷蓝。
枯黄掩不住，苞绿枝梢现。
喜鹊探巢出，农夫早耕还。
隐归任朝古，期许随流年。

之二
莫言早春寒，北域正阳艳。
分离有尽时，逢聚促膝欢。
踏青忘归路，抱琴远尘烟。
乐生淡静处，愿遂守梦园。

至南山寺

日暖南隅椰林葱，远眺山海世尘同。
浪拍岸岩花万朵，鸟鸣古刹幽数重。

游蜈支洲岛

椰近林翠织云霞，帆远涛涌渺人家。
圆礁细沙天地古，花香木屋藏年华。

琼岛行

匆匆琼岛行，碌碌无事还。
晨浴南海暖，夜思北疆寒。
海域万里秀，衰荣一念间。
昔日流放地，今朝圣贤坛。
人生何作为，名利若云烟。
渔夫同商贾，沙滩晒暮年。

海南夜句

12 月 15 日夜宿海口，临街近校，热闹非凡，摘句以记：深夜思君君迟归，歌音扰心心若碎。家亲游乐乐亦累，待展鸿图图作为。人生匆匆如水逝，梦境皑皑若雪飞。自在庸庸寻常日，暗香袭袭傲寒梅。

海岛无冬寒，歌舞闹翻天。
守耕忙碌累，过客困自眠。
世尘演无息，缘何生悲欢。
幼小稚气甚，老衰乐安闲。
青壮有尽时，不负沧海愿。
淡如心境存，默然志犹坚。

寒冬京湘语

12 月 20 日，树君往京出席会议。三天会期，显得漫长，寒夜品树君句：往事一幕幕，回想一程程。依稀不忍别，三日若九年。才知君深意，闻车始出场。相伴好诗文，已然忘云端。又是紫梦时，揽星赏月光。明了相思苦，鹊桥不再空。细品过后，写数言回复，竟忘却时辰，不知子夜黎明。

之一

紫梦坠有情，岁月去无声。

冬腊对望遥，子夜相思深。

银河苦难渡，广寒静至清。

碌碌求为日，茫茫天地行。

之二

莫言南北远，万里心相连。

无声爱犹在，有情梦境圆。

分离淡悲欢，晨曦映窗帘。

迢迢求索路，只争朝夕还。

之三

遥望不相知，思君无尽时。

常慕银汉月，归隐寻常事。

耕作无怨悔，华年当歌诗。

期许霁染日，相扶步莲池。

相思寄京城

树君传语：冬至寒风夜，孤独走京城。街道戚戚冷，路人匆匆行。曾经谈笑远，今日影难双。盼望明日早，相见两心同。

之一

冬夜寒气甚，阴霾掩天晴。

街市浮繁华，灯火若星辰。

伊人今何处，园清空无声。

曾经荷塘绿，执手花月明。

之二

吾羁业途惶，君旅京城新。

日渐随惰废，忍看君维辛。

更恋私欲情，娇语爱浓深。

夜寂寒气袭，窗掩思絮生。

之三

东望晨曦微，西闻车行急。

求索布海内，作为无惧畏。

鹏城徒思远，津沽种植稀。

始承湘水泽，终镌麓峰奇。

忆旧寻句

2011 年 12 月中旬去海南的三亚、海口、琼崖等地。年末看照片，忆游南山、天涯海角、玉带滩等地情景，心絮飞扬，写句以记。什么时候再去享受美丽琼岛那软软的沙滩、暖暖的阳光呢？南山居高临海的气势，蜈支洲岛恬静清远的水天，博鳌激情欢腾的浪花，还有玉带，禅膳，椰林，是那么那么地令人心向神往……

之一

思若云雾天际外，情如玉沙心如海。

无悔角涯浪迹留，几曾孤落千古怀。

之二

谁言南山草莺飞，种菊采桑晨色微。

生命堪比花叶美，福祉更胜东海水。

旅途偶句

之一

天际雾帐沉，地野近黄昏。

航班同起落，归客异旅程。

年节逼人紧，半生疏至亲。

若酬少小志，终慰游离魂。

之二

草木风雨眠，清冷陋舍堪。

年节人相隔，一别天涯断。

勿忘共语时，灯弱意缠绵。

祝福千里外，执手晴空还。

新岁登岳阳楼

壬辰正月初七，与树君登岳阳楼。读奇文佳句，感千载人事，索碎语短句，以叙景表情。树君诗云：岳阳楼望一江水，山远浪平天地青。古来多少文人客，登高难忘希文公。长怀百姓苦和乐，心忧天下衰与盛。芳草萋萋别离后，人去楼空载到今。

之一

少崇忧乐怀，今攀岳阳楼。

水雾连云天，诗文榜春秋。

亭台战火渡，樟槐梦呓休。

一眼江帆静，千载物已悠。

之二

巴陵景状胜，洞庭日月新。

传书故事远，斑竹泪溪恒。

楼岛意犹寒，铜雀春空深。

只道天作合，谁念哺养辛。

之三

壬辰春缓立，湘楚林秀幽。

雾笼江湖旷，寒凝商贾休。

欲寻子敬名，尽得希文酽。

世隔事沧桑，楼高人满踌。

游橘子洲

昨日阳光灿烂，与树君一行游橘子洲。八十年代曾经来过这里，二十多年过去，变化很大，感慨亦万千。于是凑句以寄怀。树君有句：昨日春光好，得意江风暖。迟开梅花艳，老少尽开颜。人生遇知己，畅谈有朱张。将军美名传，泽东众人仰。愚人语：才女真多才，愚人太多愚。寻春不识时，岂敢应对句。

> 望山依水泊绿洲，引南指北启通途。
> 时代更替事沧桑，园林茂盛景依旧。
> 古木长忆毛唐思，残阶犹记朱张渡。
> 家忧国忧染鬓发，勤力勤为淡怨愁。

早春踏橘洲

立春以来，长沙多阴雨，昨天突然晴空万里，可今晨又是浓雾弥漫，下着零星小雨。短暂的阳光灿烂而温暖，虽没放晴，但我对上苍已然怀着感激之情。明媚的春光或许还要等些时日，可是我坚信，春天已经悄然来临。有时候，有些事，着实令人惆怅迷茫，然而我们不知道，成功已经悄悄向我们迫近。只要不放弃，只要我们有信心，即使现在我们还一无所有，我们也能携手走向春天，走向黎明，走向柳暗花明。

> 之一
> 早春忽放晴，橘洲初踏青。
> 水流沙砾细，日暖草木新。
> 客拥堤路狭，船稀江水静。
> 地沃树木古，天低江岸平。
> 之二
> 径道长平平，草地绿茵茵。
> 橘洲一日暖，游客嚷纷纷。
> 茶花红落地，樟叶翠映心。
> 相知何依依，桃梅孕欣欣。

晴午至师圣阁

惆怅处，晴日匆匆向西逝，志愿近离弃。忆年少，稚真如梦，月竹伴影随，嬉笑映花溪。莫言此情长流水，应是垂柳绿时风，梅子黄时雨。有道是，爱在寒梅香，爱在春草绿；爱在回眸处，爱在期待时；爱在隔望思，爱在栖守厮；爱在狂言中，爱在无声里。

晴午亭空静，丛林鸟虫鸣。
一眼新绿满，半语旧结清。
同怀高远志，共济天涯行。
冷对黄粱后，荣辱任听说。

红楼小歇摘语

5月6日至麓山，于红楼小歇。观山坳景致，香樟、石榴，花香流溢，玉兰、银杏，叶翠拥簇。愚人顿觉心情愉悦，恬适无比。忆起曾寄句"立夏晴雨好，正值生长时。友君长宽心，劳逸两相适。"予友人，复摘语以赠。

我虽然只是
丛林散落的一米朝阳
但我相信自己
能把你的心房照亮
我要把你的生命引燃
让你的青春与智慧发光

我虽然只是
台阶散落的一瓣碎花
但我相信自己
能把你的梦笛鸣响
我要把你的信念凝固
让你的事业与理想远航

我虽然只是

你生命中迟到的过客

我也相信自己

能把真情留下

我要把你的爱装满行囊

让我的旅程美丽如画

黄金海岸夜

7月18日夜宿昌黎北戴河新区，怀旧思人，夜不能寐，自也摘句发予树君乞猜。七月十九日树君传言：夜已深，人未眠，但听虫草鸣。风已住，雨暂歇，不知明日天。心老矣，看红尘，一帘幽梦远。君赠诗，无疑猜，道是皆为情。翌日黄昏愚人获悉即回复：日渐西，暮帐起，看似天欲雨。行人挤，车流疾，莫论世道墟。楚地阔，君至慧，相携乾坤举。忆登楼，品旧句，一眼江山驱。

之一

云浮夜空轻，浪拍沙滩柔。

岸火延南北，堤岩数春秋。

还忆往昔欢，同事舞千手。

人生各有路，今夕不知处。

之二

蒙蒙星光耀，依依亲情浓。

贫寒染手足，童年系石松。

幸得天道酬，中年堪可颂。

磨难孕福祉，志愿步九重。

之三

浅夜滩堤闹，长街客如潮。

茫茫人流里，缕缕相思飘。

分明天涯随，同蹈海角遥。

心愿随灯许，飞落栖爱巢。

之四

匆匆岁月逝，缓缓树人迟。

平日多责怨，默然寡相知。

年少自负重，适值立志时。

但使理道在，原上任纵驰。

秋游天目洞

壬辰年中秋节后返故乡期间，同家父及弟一家前往长梯隘游天目洞。此地属喀斯特地貌，天目洞是个奇异的天然溶洞，洞口十分隐蔽，洞里空间广大，石钟乳、石笋、石柱等自然景观千姿百态，把洞装扮得着实迷人。迷恋之际，即兴拈句以记。

万兽腾跃青岩下，千木掩映云雾处。

斜曲石径悄然立，天目奇洞惊险出。

巨狮盘龙涉泥象，擎柱吊钟观音谷。

玫瑰水滴天工绝，烽台穿空沙场古。

妻望夫归心切切，路遥道暗情苦苦。

沧海桑田与世隔，石演神话洗泪枯。

天梯盘旋仰天门，一线洞天悚一触。

百景无暇眼花乱，十里画廊卷帘殊。

立岳麓书院偶吟

秋日黄昏路过岳麓书院，忽然发现登山者及游客异常稀少，书院及周遭突现难得的安静，让人生奇。于是，停立片刻，远眺湘江，近观枫林，看香樟墨翠欲滴，赏银杏叶渐黄却依然矍铄有神，不觉让人顿生活力，深秋萧条落寞之气荡然无存。

远眺湘江水生雾，近赏枫林叶飘舞。

秋意层层掩不住，红黄点点漫山谷。

幸得千年学有恒，塾堂四时乐无枯。

酷爱檐前香樟翠，更仰庭后银杏古。

晴秋至特立公园

晴秋江南不萧条，万木苍翠客嚷道。

才子佳人倾巢出，欢童笑叟相逐闹。

恰逢风和日丽美，暗妒禾雀戏小桥。

松竹茂盛犹自恋，安知芙蓉墙头娇。

旅途拾句

　　11月5日清晨乘高铁前往武昌，途中悉树君传句：晨起风潇潇，月落云渺渺。人近鸟惊飞，不知人亦恼。读罢，忽想起曾有"风尘难掩痴，万物皆系情"及"摘爱垒窝居"等句，心有所动，恰逢车途无聊，于是寻句，即景抒情，当晚摘录五则以记。

之一

五更微弱光，四野雾迷茫。

山寂人难眠，寻句度凄惶。

往昔共听雨，今朝独依窗。

分别方数日，堪比银河长。

之二

秋凉浸风尘，灵麓山色深。

目穷潇湘水，意近临江亭。

晴日橘洲事，执手戏言真。

听任万念飞，期守此情恒。

之三

天穹起汤汤，原野尽茫茫。

竹翠村落远，水近堤草黄。

民居闲锁闭，清雾笼空旷。

车疾人匆匆，情痴心惶惶。

之四

云罩天地低，心切兼程驱。

未饮长沙水，却思武昌鱼。

情因相思浓，意在期诺许。

生命当有年，莫悔坠废墟。

之五

近塘浮萍依，远山傲然立。

欲寡烦忧少，难多知音稀。

人生爱无悔，促膝当有期。

春秋万象异，执锄任东西。

夜还津门

树君语：飞雪吟春君北还，分明江南是故乡。风雨不知离别苦，吹落雪花扮新娘。惹得桃妒梨花嫉，嫦娥宫里依稀寒。不思昨日与君别，却数几回月方圆。

子夜抵津风正寒，路灯淡黄雪映天。

零星归人无声急，枯木旧楼尽入眠。

不怨皎月尘隔断，却伤残墙景变迁。

梦里留与春光住，笑靥堪比桃花艳。

春晴

我知道，她喜欢静静展开的草地与森林，看清晨的阳光在绿叶上跳舞。而我却一直守着这样落魄而伤感的句子：蒹葭苍苍，白露为霜。所谓伊人，在水一方。情海茫茫，吾心何往。孤帆远影，浪涛天光。癸巳年惊蛰记于山麓枫林村。

> 三月江南晴，四野麦蒿深。
> 叟姥出青阁，雏燕入红亭。
> 佳人今何在，举目独思亲。
> 鹰飞天穹远，日丽山林近。

夜宿衡山

夜里梦呓：抱柱峰有一棵开着两朵白里透紫花朵的百合，当时很想摘下来送给你。而今，在山野林丛，它还安然无恙地默默地散发着缕缕清香。它每年开放的时候，我的心会飞去那里，默默祈祷，静静守护……

> 人至中年犹彷徨，为情痴迷为爱伤。
> 常叹一生难一遇，无遇何须忍断肠！
> 南岳偶住夜雨疾，山野永生百合香。
> 自古知音多遗恨，相思终老勿相忘。

穿越麓山云雾

己丑年元月最后一个晌午，星城云雾弥漫，细雨飘零。站立窗台，我的思绪被迷茫昏沉的天空压抑着、笼罩着。我忽然决定独自一人去穿越麓山云雾。下午的岳麓山完全浸泡在细雨薄雾中，别有一番情味。我从中南大学老校区出发，选择蜿蜒曲折的小路，在林丛中穿越爬行。登山的人稀少，山里很静，只有不时从远处传来的鸟鸣和时疏时密的在树丛滴落的雨水声。我搜寻着每一处我和友人曾到过的地方，回味着珍贵却已久远的岁月，我的情、我的爱、我的青春、我的梦，好像都曾种植在这里。

望灵麓（之一）
伫望灵麓冬韵秀，随心驾雾它念休。
林重风弱雨滴缓，山阔人稀石径幽。

鸟语林（之二）
不惧林鸟觅食苦，却嫉茶花招摇羞。
未及登顶满目茫，羽翼长羁何言酬。

万景园（之三）
雾雨翻飞天色茫，春天犹远人惆怅。
世间多传红杏事，今见竹枝亦出墙。

将军林（之四）
山林安眠风凄凄，云雾弥漫心依依。
相思何处独觅觅，阵风摇落水滴滴。

穿石湖（之五）
光影荡漾水潋潋，群鸭嬉戏荷田田。
临风柳条枯有日，历练白鹤知暖寒。

爱晚亭（之六）
红叶化泥暮霭清，山岚细润塘如镜。
难得一怀相思晚，偶见新绿触爱亭。

岳麓书院（之七）
楼阁盘谷雾霭飞，古木参天月竹翠。
数尽多少兴亡事，雄才堪比半怀危。

伫望湘江

伫望湘江
她是那么迷蒙惆怅
混浊的水浩渺无边
浓浓的云雾
裹着凄凄清凉
不知什么时候
又会大雨倾盆

堤防恐慌

伫望湘江
她曾那么清澈碧透
鱼翔水底百舸争流
琅琅的欢笑
载着风华岁月
观橘洲日出日落
聆虫语鸟鸣
沐和风荡漾

是什么
使江水暴涨
是什么
滋生心中凄凉
五千年的沉积
解不开迷雾
一任斗转星移
亘古洪荒

伫望湘江
依然意气风发斗志昂扬
没有混浊的堆积
哪有平原的肥沃
没有风雨的冲洗
哪有花草的清香
请相信历史的辙迹
相信自然的力量

伫望湘江
她是那样浩瀚宽广

万世人物风流
改变不了清浊更替
千古雨雪阳光
挡不住潮流滚滚北上
这汇成沧海的源头啊
便是我们生命的故乡

朝行溪口

朝行溪口起阴霾，君言伤感心落泪。
贫苦当是身外事，薄情自欺人枉为。

仰雪窦山

之一
岩黄径曲风袭袭，松青竹翠云依依。
佛光映天盖帝皇，经诵忘却民间泣。

之二
院落成群宝殿重，正气凛然乾坤中。
雪窦山下磅礴寺，赛敌千古帝王风。

有感将军树

临近霜降时节治雪窦山，观如来佛像。即兴起捉字占句，似有几分得意。及至进院，看殿前古树，情绪木然。尤感于张学良将军幽禁时植木得以留存，令人怅惘不已。

雪窦怀抱檀香升，银杏千载古刹盛。
莫怨无为清净地，谛听遗木风雨声。

观中正故居

云开瑞祥初，群山源溪流。
鸿业伴宅古，褒贬终归休。
草木岁月新，山川恒久秀。
人生转瞬逝，无为何苦求。

望剡溪

旧历九月十三日，至溪口，登武岭，观故居，立河堤，望溪流，寻旧事，思社稷，感慨不已。下午返甬城车途，借词成短信发诸友三人。有君调侃云：自古好枭雄爱折腾，折了江山和美人。从来忠奸有定论，却道王道不我。介石中正枉好名，社稷百姓不在心。人去楼空今已非，留得芋饼后人尝。剡溪美景哪比得，九曲湘江楚天阔。

日丽武岭秀，风清溪口秋。
情旧兰香在，事陈游客稠。
家族无久昌，社稷难恒古。
登堤心境阔，望岩剡溪流。

枣庄夜与晨

之一
梦里几度期相许，西窗夜话缠绵栖。
莫怨无缘结连理，且随心驻长相依。

之二
朝起沐阳听鸟枝，暮歇醉梦静荷池。
笑待寰宇古今事，任凭世人舌论痴。

伟人故里行

之一

千里驱驰寻旧踪，百载惆怅伤情梦。
枯草残荷点点泪，池塘田亩轻轻风。

之二

日月不眠照无终，机缘有期悲几重。
潇湘暮冬松竹翠，故里山水今昔同。

望橘洲清明

年岁久积洲趋平，阴雨连绵风自清。
樟摇柳弋新芽满，水浮舟横轻雾升。

武陵怀旧

之一

笑掩河浒数烟青，浪遏沅江几度寻。
白马湖畔遗往事，遁入梦呓幻烟云。

之二

一朝背井几十秋，半生漂泊万绪愁。
八九学潮历在目，百千怒狂何言休！

之三

莘莘学子励精图，熠熠蜡炬映窗读。
光阴荏苒日月新，桃李芬芳师恩古。

之四

笑看春华秋实过，淡对功过是非说。
人生梦境皆虚幻，贵贱苦乐莫蹉跎。

白洋淀即兴予友人句

之一

夏日奕奕多缤纷，河池清清藕叶深。

蓝月淡淡幽林净，孤影默默长伴君。

之二

多少心愿终归空，岁月不怜泪数重。

朝伴日出风帆远，暮卷云海夕阳红。

小伞

——读 lulu 佳作《与你牵手走过》

在云雾迷茫的雨天

我愿是一把小伞

让你紧紧把握

与你相依相伴

无论大雨滂沱

还是细雨飘散

我都是那把为你遮挡的

淡蓝色小伞

无论秋雨淅沥

还是春雨连绵

都不愿错过

我要守候在你的身边

不管结局怎样

不惧尘世纷乱

都想与你牵手

走过生命的匆匆短暂

缥缈悱恻的清晨
寂静黑沉的夜晚
流浪的街
我会和你牵手相依相伴

心灵绿洲

无意中
你在我的心地
已经走进
很远很深
足迹过处
长满密密的绒绒的
薰衣草
紫色的沉静
芬芳的幽恬
牵动着
亲情与爱恋交织的
残影

梦境里
无数次向往
仿若
白洋淀
芦苇深处
一盏荷灯
孤零零
漂泊
芦叶微风

轻轻地摇动

水波月光

淡淡地交融

艄公

那曾

摇走无数岁月的

双手

又将摇走一个

静静的

充满期待与向往的夜

那曾

轻轻擦拭过泪眸的双手

又将轻轻拂去

我心灵的

尘土

多少次

想和你相约

在冬日

重温

阳光斜洒的

山岩松林

涛声溅落的

残雪细沙

毛家峪啊

南戴河

一任

岁月匆匆

道不尽

源于亲密与爱恋的
惆怅
说不清
生于贪婪与幻想的
幸福
不需要期许与承诺
一把小伞
一峪晨溪
一片心灵深处的
绿洲
已经足够

让泪滑落

没有再落泪
从自己
记事时候起
直到有一天
真正认识了你

没有再幻想
自从背上家庭那份责任
直到有一天
我发现海那边
还有无尽的绵绵云层

你或许不知道
或许不明白
我早已发现
亲情掩盖下
还有另一层醇醇的真情

从那个冬天开始
我便向往近蝉聆风
从那个黄昏以后
我便渴望在细软的沙滩
打开那扬帆的梦

为什么
你要凝结成
我心头的一滴泪
为什么要化作
我梦海的那片云

让泪滑落
让云飘飞
让心空下过一阵热热的酸雨
你说过每颗雨滴中
都会有一片如镜的美丽

心结

永远解不开的结
源于请你走进幼儿教室
当一回英语教师
无意的疏漏
心中的歉疚
一直缠绕
谁会想到
竟带来心灵的震撼
竟演绎撕心裂肺的
山崩地裂

永远解不开的结

源于和你走近山巅水湄

留下那华文倩影

随意的解读

心中的倾慕

一直繁衍

谁曾想到

会滋生生命的感动

会化作永不枯竭的

涓涓溪泉

啊

有时候

仿若走进梦里

就像年少时滞留山野

清晨站在山岭巨石

触摸那

湿漉漉的雾气

就那样

任山野清新的风

悄悄带来

丝丝爱情的气息

那种感觉

很多年未曾有

直到你种下这个结

我知道这个结

会一直缠绕

会永远疼

其实我只想
在你被雨淋的时候
为你撑一把淡蓝色的小伞
在你口渴的时候
为你送一杯清凉的冰红茶
在你熬夜值班的时候
给你悄悄留下一个苹果

我知道
这个结
早已成为无法解开的死结
岁月船把快乐的钥匙
已经带走
在这片
已经沉寂的世界
被丢弃的
只有那伤心的梦
和刺骨的疼

害怕

爱你，就要让你在辽阔的原野驰骋，就要让你在广袤的蓝天翱翔，就要让你在蔚蓝的大海畅游，就要让你在清新的林荫道自由地呼吸。而我，只是一棵顶天立地的大树，一生坚守在属于我们的那片天地。在你累的时候，盼你归栖；在气候恶劣的时候，为你遮风挡雨。2009年七夕晨于津门。

害怕在日暮黄昏
你孤单一人
曾经依依的岸堤
无声徘徊着

你孤苦的身影

害怕在人寂夜静
你孤单一人
远远地望着你
却无法让你
和我靠近

害怕在清凉晚秋
你孤单一人
万物凋零时令
你独自承受
生命的酷寒冷清

害怕在冰天雪地
你独自坚守
在春的信念里
我一直伸出的手
你看不清

西湖偶拾

喜欢喃喃的声音，喜欢美丽的容貌，喜欢淡淡的微笑，喜欢真挚细腻的爱，喜欢心语温馨缠绵的味道；钦慕她的智慧，仰慕她的才华，敬佩她的坚毅，钦佩她的高洁。曾在西湖长堤，洒落相思无尽。几度梦里，苦寻她的身影，啊，如水伊人，一如友人戏句：斜倚栏杆西湖中，起凤腾蛟架彩虹。无风水面索镜缘，安知相思有几重？

曾望断桥期相逢，尽伤秋树倒影中。
梦里携手栏杆旧，长堤炎凉淡枯荣。

冬至海河

　　寒凉促冬深，昨夜话树君。魅才智善勤，卓越折乾坤。树君曾言：山清水秀世外境，吾等结庐在人世。风尘仆仆熙熙攘，几人清醒几人迷。何忍劳君万里程，相对无言把手执。莫若躲进梦里去，万丈柔情化作痴。疯狂叠叠轻轻语，赢得芳心寸寸依。愚人颇感欣慰。11 月 7 日至天津东站广场，偶得片刻悠闲，即摘句与树君云：灿灿阳光情荡漾，绵绵思绪几断肠。梦里唤君千百回，蔓草零露婉清扬。树君回复云：愿岁并谢，与长友兮。

　　　　风起波荡满河金，日暖冬至草犹青。
　　　　相思梦里遥相隔，道是无情却多情。
　　　　桥梁渡景斑斓画，金汤会师日月新。
　　　　三岔九梢千源汇，莫负才情寡问津。

梦之境

　　树君短信云：傻瓜马驮我去遥远的地方。那里山青青水碧碧，飞流瀑布，亭台画榭。我们抚琴曼舞，相视而笑。看湖光澄澈，微风徐徐，衣袂飘飘。愚人回复：拳拳爱意浓浓情，迢迢银汉炽炽星。纵然千载鹊桥聚，不言守望苦丁零。另依树君语篡言搜句以记，11 月 6 日夜于津沽。

　　　　　　之一
　　　湖光渺渺情生处，巧云纤纤伴月渡。
　　　执手回眸阆阆许，梦境细语悒悒幽。
　　　　　　之二
　　　山青水碧何惧遥，瀑布飞流贯云霄。
　　　红亭画榭园林美，轻歌曼舞佳人俏。

之三

湖影澄澈风徐徐，衣袂艳丽带飘飘。

安得世间仙境在，与君厮守乐逍遥。

第四篇

04

| 竹烟残红 |

光阴易流逝，亲情无改变。少小贫孕志，老壮勤遂愿。
离合事寻常，荣辱心淡然。人生沉浮里，谈笑烟云间。

如果有一天

想写的诗
都已拓在冬季
盎然春意中
没有人
寻觅那些
陈词残迹

如果有一天
遗忘的土地
萌发一叶生机
那一定是你
载满感悟的心
被撞击

于是
在这
没有归栖的荒漠
洒落一怀
永恒的期待
与生命的美丽

望夕阳染山色摘句

夕阳犹暖山色新，梦飞难觅林涛深。
石阶空落光阴老，古亭掩幽烟雾生。

秋日随笔

之一

莫道世尘染沧桑，难醉斜阳照草堂。

溪水细鱼石间乐，彩云山梦窗外扬。

无悔南北二十载，有心作为一生往。

成败得失莫权衡，勤力勤劳任颠狂。

之二

梦逝数载情未休，霜染两鬓愿难酬。

日日相思身相隔，夜夜伤心泪潸流。

自古生命不复还，至终信念皆蜃楼。

清风佳宵伴明月，知音何处共中秋。

之三

静聆中秋断愁肠，举望星空思故乡。

岁月无情湖光远，山梦有期窗竹凉。

溪临书屋秋声荡，月揽清风浮云狂。

高松自恋苍翠晚，疏烟孤守残红长。

丁亥中秋散句

之一

清风举盅候明月，天涯相思共此时。

水草郁郁永相依，祝福绵绵满秋池。

之二

千言万语有尽时，此情绵绵无绝期。

真爱不随生命去，天地长存日月辉。

之三

晴空碧水独钓闲，天涯海角共沽欢。

人生得失烟云里，清风明月湖光间。

春日残丝

之一
款款劝慰多自珍，浩浩清明易染尘。
万物竞发正当时，莫共回眸伤曾深。

之二
生命有期知音稀，岁月无痕心如镜。
风过细柳绿意荡，水泊岸堤鸟虫鸣。

痴语画中秋

子时中秋话相思，相思残梦缠花痴。
花痴月圆影自醉，自醉忘归夜子时。

重游岳麓山抒怀

5月17日重游岳麓山。阔别二十年，时过境迁，感慨无限。返津后，那情那景，历历在目，随弄拙句并发短信给友人云：让岳麓山的草香蘸染绵绵的思念，让桃子湖的涟漪荡漾深深的祝福；让暖暖问候依依萦绕幽幽的梦境，让融融诗话轻轻挂满甜甜的笑容。有缘千里来相会，市井闹嘈身心疲。谁言山青风云淡，知音潇湘影相随。

之一
津沽茫茫匆匆离，潇湘迢迢遥遥期。
相识无意情有缘，爱恋日深梦与归。
句读难解黄昏约，泪眼奈何窗烛西。
身燕轻盈不言老，君心不弃永相依。

之二
匆匆迁徙二十载，碌碌无为鬓发白。
故地重游逢知己，不负书院伤满怀。

讲坛空空梁柱旧，弦歌袅袅音犹在。
莫问院落月竹翠，已忘青莲何人栽。

之三

相许五月爱晚亭，同踏石径山涧清。
醉映杜鹃倚人笑，静观江流凭栏听。
毕生难得此福幸，欲捧娇羞对视凝。
应是幽兰暗香妙，招惹清风峡谷行。

之四

月映洞庭人易老，日浴岳麓雾终消。
缘起缘落皆有时，情浓情淡唤心潮。
至慧尽仁世间事，披星戴月莫言早。
阴晴圆缺常相忆，悲欢离合同心照。

端午抒怀

草木繁茂擎端阳，游子梦里思故乡。
湘资沅澧水天阔，芙蓉国度粽飘香。
曾记芦苔雨雾茫，小店独酌路何方。
十载境迁心依旧，一朝隐归诉衷肠。

思亲忆清明

今年清明节，友人赴津城看望，心里万分感激。思余一生，多流浪迁徙，或求学，或求生，鲜有人关心探望，仅高二在学时大哥曾步行百余华里到校看望安慰。时隔二十五载，偶遇关爱，心灵震撼恍若梦境重回，感慨不已。忙忙碌碌中，春光移失，夏日复至，临窗遐思，回味清明节前后，真情盈怀，随弄句予友人，以慰感恩与思念。是晚更改句"初夏日艳草叶深，津沽夜静人心醉。月圆月缺随露落，为生为死伴霞飞。无求锦帐春晓共，但语西窗夕烟碎。岁月如歌亦如金，梦境欢歌能几回！"发予树君等人。2009年6月15日记于津门。

清明日艳草叶新，津沽夜静人心醉。
月圆月缺朝露落，为生为死晚霞飞。
无求锦帐春晓共，但语西窗夕烟碎。
岁月如歌亦如金，梦境欢歌能几回。

亘古同心

星城寻梦今来归，乾坤守望亘古随。
莫问采莲涉何处，秋风姝染同心蕊。

夜思恩

自古寻常生死别，柔情似水心如铁。
今宵细数点点恩，独倚楼台窗前月。

简单

生活这么简单
唯真唯善
不让虚拟假设
在我们的世界
多变多幻

爱也这么简单
唯真唯善
在所有的时间
用同一种方式
相依相恋

让生命简单
唯尚天然

沿着心中的路
牵着手一直走
永远没有终点

良益长相忆

潇湘双节急，咫尺两身离。
葡园偶采摘，愁淡日暮西。
秋风怜知己，良益长相忆。
梦境斩不断，人生花满蹊。

湘江水碧秋

湘江水碧擎洲头，岳麓运单落清秋。
多少豪杰终作古，长卧青山英名留。
莫怨人生一场秀，餐宿风雨万里休。
偶得知音当珍惜，灵犀如梦不可求。

秋晨惦冷暖

国庆中秋假日过后甚是繁忙，难得提笔。今晨醒来，见阳台窗帘舞动，阵阵凉风吹进冷清的蜗居，甚是感慨。随感而发编短信云：相思复夜昼，潇湘又染秋。树君裳暖否，寒凉满窗户。待发往树君，旋即回复，改窗户为枝头。吾以为树君之词更佳，随收录记述。

夜昼相思复夜昼，染秋潇湘又染秋。
欲问树君裳暖否，已见寒凉满枝头。

荷塘失句

11日夜，曾触景描"荷塘"四句，发给挚友，得赞许，甚是快慰。

今忽忆此事，重幻彼景，搜寻旧句，然已逝也。虽挚友幸存点滴，终未能复得原句矣。随依其意，拼凑以记。

> 荷塘波清人影疏，阶台草浅山近秋。
> 月明影斜红楼远，天旷云浮志未酬。

旧句新品

昨夜很是动情，忆树君细语，感至亲至爱。是啊！生命中缺了忙碌与勤劳，我们就只是一斑浮尘随风飘摇流浪；生命中缺了知己，会只有漆黑雨夜的孤寂与凄凉。而今，吾得遇树君，甚是欣慰。子夜时分，依稀思念如潮，短信纷纷纭纭。梦幻中，妙语重生，真情四溢。中有翻新"你我泥人"之旧句，动人心弦，沁人心脾，至翌晨仍有"两情若真挚，不怨朝暮离"之句续出，随摘拙句以印记心境。

> 曾思和泥重塑人，不解阴阳合一真。
> 今品树君你我句，方识朴泥爱意深。
> 春宵津渡点滴珍，秋雨潭韶浴风尘。
> 淡泊宁静会有日，执手天涯枕挚文。

重游岳麓书院

10 月 20 日黄昏秋雨渐歇，愚人与众友人游岳麓书院。然天色晚，暮色起，匆匆走马观花，未得览其细微，品其精致，然无憾矣。

> 暮色悄悄临，丹桂缕缕馨。
> 庭院重重落，文道代代浸。
> 楹意豪天下，骚客品胸襟。
> 学府千年古，逢时一朝新。

思君古道行

　　时近立冬，树君赴西北，雨冷风寒，甚是牵挂。近子时传信息：此生有你已无憾，不论吾辈非好汉。无求无索有尽时，惜取光阴共天年。翌晨又摘句，诉绵绵思绪。

之一

梦染骊山秋雨绵，爱泊柳岸羌笛晚。

知音何苦遥相隔，树君莫渡玉门关。

之二

冬至方觉夜犹长，北上始信心易伤。

莫忆山屋夜雨事，纵使咫尺亦祝梁。

之三

近冬时节忙晚迟，携君梦境遥相思。

山麓小居相聚暖，莫待荷角满清池。

之四

思絮若绵光阴逝，念语同烛子夜迟。

若得梁祝同窗月，君莫负待化蝶时。

之五

思君万里福音传，执手千载身心安。

晨曦散落子夜泪，挽扶梳镜见欢颜。

之六

曾疑昨夜风雨起，树影摇曳车船稀。

何日亭榭玉镶柱，勿忘今生唇齿依。

之七

一声晨安传千里，此生不舍唯此情。

梦里相思两行泪，福乐安康长伴君。

梦吧如吟

　　树君笑言：花开寒夜，草木多情。呵呵，感恩至少一千年，感动至少一万遍。万语千言道不尽，感激树君暖心田。纵在严冬，抱着暖暖袋，穿着暖暖鞋，掬一捧生命的光与水，我们依然吟唱在爱岛的梦吧里。可雯元月六日子夜于星城。

之一

寒夜牵挂多情生，莲藕依泥染紫裙。

枯草逢春花且发，更堪情种早予君。

之二

知音逢聚梦境欢，心灵感应无近远。

关爱牵挂处处在，隆冬子夜不觉寒。

望朝雨而作

年初夜宿同升湖，遇气候突变，夜里风雨交加，至翌晨仍未停歇。一生心相守，终老不离弃。愿景为君设，共饮巫山醉。清雨虽寒，情暖人心。早起，望朝雨吟句，寄托挂念之心并发憧憬归隐田园之愿。

湖光山色云树依，晨雨晓风人踪匿。

竹掩农舍韵事古，留取清明长相忆。

津晨感怀

3 月 13 日子夜返津，翌晨很早醒来。窗外雨点淅淅沥沥，鸟语呢喃，让人恍惚感觉春天已经来临。忽叹一生鲜有知己，而仅有的至亲至爱，却难得欢聚。甚是感怀，随笔以记。

檐前鸟嬉戏，窗后雨淅沥。

数月期守苦，一夜春意嫉。

人生伤情薄，莫过知音离。

聚散花落处，华年无声里。

相思暖千里

昨日晌午至山麓，望蹊旁沟畔，远近高低，已是新绿满枝花满树，和风细弄万物发。睹物思人心生句：晌午日照暖，相思千里还。出行多留意，祈君久康安。及至黄昏，仍旧在无限春光中疏剪思绪，更生相思，竟至心神无定，彻夜难眠。

天暖花艳又春分，子夜缠绵人销魂。

谁言红尘蝶比翼，何日影随悉音讯。

人入中年志难舍，情融心境爱至纯。

梦里逢聚千百回，幽怨只因长惦君。

望清明将至

清明将至，阴雨绵绵，追往怀旧，相思缕缕。或许不该打扰她，可是不经意地走近了，就忍不住会常常想起。是啊，人为何要拒绝真情和亲爱?! 被牵挂会被感染快乐，被想起会被传递幸福。天，阴阴沉沉；雾，戚戚靡靡；风，清清凄凄；雨，淅淅沥沥。心，舒舒坦坦；情，暖暖融融；家，和和美美；人，平平安安。思，密密麻麻；君，劳劳依依；出，快快乐乐；行，顺顺利利。

之一

往岁清明依亭梦，今夕缠绵相映逢。

得遇知音人生幸，光阴荏苒陶醉中。

之二

往岁夏日荷塘逢，今夕缠绵如梦中。

得遇知音人生幸，何苦陌生光阴穷。

愚人会知音

春夜风雨起，旧枕情绪靡。
为何嘲无声？自怜百花泥。
思远光阴急，回眸伤别离。
言在须鸣时，意归心同栖。

初夏雨晨拾遗

夏晨清凉风雨疾，庭树湿漉草带泥。
雄鸡复鸣白无止，道衢空旷行人稀。

夏约湘江

6月2日得空闲片刻，与树君至湘江漫步。望江流北去，笑看人间风
云，甚是快慰。

之一
渔翁隐堤岸，垂竿钓安闲。
草叶清香幽，戏语无意间。

之二
长龙擎蓝天，水阔江帆远。
风波拍坝紧，悲欢昙花现。

之三
相约湘江岸，谈笑美利坚。
伟人橘洲立，湖湘万人瞻。

近秋晨语

早早的，坐在办公室，望着湖畔，整理着思绪，享受这一份难得的宁

静……真是难得啊，此时，悟得的，是情感的遥远，生命的潜力和人生的珍贵。遥远的是因为对亲近的奢望而感觉无奈，潜力是因为生命的奇迹曾撩起心底的憧憬，珍贵是因为知已的隔离而留恋曾经短暂而美妙的幸福。很羡慕友人，同事、同学、同乡……能常相欢聚，杯影歌舞醉。愚人此生只能固守清苦与孤寂，同学几乎杳无音信，同事工作之余不相往来，同乡从来就不曾在异乡相逢相识。好在我有很多要做的事，很多想做的事，很多喜欢做的事，这些已经足够令我孤芳自赏，自我陶醉，自我满足了。2010 年 9 月 3 日记于津门。

之一

山崖一闲鹤，悠然千重云。
日久无远思，独醒守晨昏。

之二

登顶山川阔，烦忧入云烟。
企君多留意，秋雨易滞寒。

慰友人短信

有道是，自古聚散寻常事，款款真情无尽时。紧紧执手偕风雨，冥冥垂暮不离弃。然友人短信流露其多年得不到关心与疼惜，独自背负家庭重担，心中凄苦无限，茫然不已。思量人生婚姻家庭，情淡漠心若离比比皆是，吾等应遵循友人之言，常怀淡如之心，念一份旧，惜一份缘，担一份责，守一份静，享一份安。2010 年 9 月 6 日可雯于津门。

人生难得尽善美，心中有爱长相忆。
悲欢离合寻常事，年少夫妻老来依。
谁忘豆蔻弄春影，莫怨夏洪泥满堤。
垂得清爽秋气晚，淡泊人生日照溪。

生为参天树

　　友人曾调侃：坐怀万念空，戏言柳下惠。又云：朱阁入梦低，孤影随月移。花叶相辉映，莫企枝连理。驻足思往昔，相望有何语。云卷云舒过，斜风兼细雨。

　　　　生为参天树，根须恋故土。
　　　　君非依人鸟，傲立周遭殊。
　　　　繁华红绿远，淡泊霞云疏。
　　　　采菊会有时，东篱老相扶。

守望的树

　　国庆黄金假期来临，亲友远疏。忆旧白洋淀，思亲岳麓山，任夜语穿越心灵，忧树君体弱难御秋寒。于是多情自作，守望守候，彻夜难眠，直到凌晨，方起锁梦。

　　　　陋居忘旧愁，梦境不知秋。
　　　　相望清风许，含情何所求？
　　　　缠绵藤草事，朦胧星月羞。
　　　　远近同心语，冷暖相守护。

守候的心

　　　　忆清清清池，言归归归期。
　　　　听淅淅淅雨，思绵绵绵堤。
　　　　夜今长长长，秋风戚戚戚。
　　　　举首望望望，满眸寂寂寂。
　　　　栖栖栖荒野，难难难转移。
　　　　静静静守候，怕怕怕星稀。

锁梦

星稀月淡天欲晓，树静风轻露满梢。
深锁清梦守望事，直教世尘尽欢笑。

返星城临行

风和日丽疑春归，天阔地暖梦境回。
执手登眺湘水流，知心笑语星月辉。

游丝飞絮晚安语

　　南行旅途，获友人信息，言真真假假，心存恐惧，其结尾句云：夜深深，泪静静，滑落无声。何言知己，桂花香彻，满城游丝飞絮。谁伤飞絮满城，何言候君归栖，知音朝暮远，飞絮本离弃。吾感慨其情真意切，即刻弄句回复。

列车南行疾，花溪夜语迟。
思念山麓戚，忙碌岁月逝。
自古福祸伏，今夕梦难依。
来生候君栖，海枯不离弃。

夜和树韵

　　秋夜月明，友人云：伤心夜深处，月下孤单只。风吹帘动影，松柏安知愁？既为参天树，忘却江山无数，人世悲欢几度。

莫言伤心处，捉字弄墨舒。
难得知音诉，何求相映树。
夜深人皆眠，唯君伴愚书。
最忌晨鸟闹，月隐人踌躇。

草木对语怜霜秋

姊君传书中有云：人面桃花都谢了，春风嫣然做痴语。绿萝依稀梦里非，芳草何处自怜惜。愚人伤感满怀，回复露骨文字：不指望抚慰或分担，但喜欢和你一起悲伤；不奢望能为你拭泪，但渴望和你一起痛哭流涕；不知何时喜欢上了你的气质美丽，钦慕你的才华学识。美西施，爱屋乌，没有理由，没有结局，随心而动，任情舒展。当你想倾诉时，记起我，这便是我人生莫大的幸福。

秋霜满地虫哀寒，亭榭冷落芳草残。
人生如幻履阶台，回眸影淡灯火阑。
幸遇孤树独参天，筑巢寄居欲念贪。
无意扰君投陌路，安识高枝不可攀。

长假聊书

国庆长假，得闲聊书，友人传语教训：但凡真情，断非局外人能识。姑且留作心香一片，自存自惜足矣。人间十月芳菲尽，霜刀风剑冷面袭。世态炎凉如盈缺，众人唱罢空余樽。月笼江川万里寂，一片冰心壮士驰。

感君桃李芳，沁脾留心香。
旅途佳句伴，情笃泻春光。
随言相去远，执手任轻狂。
纵为陌路人，没齿勿相忘。

情种相恋痴

树君曾短信告白：独坐幽篁里，弹琴复长啸。不欲人相识，偏君来相告。秋虫秋草秋风长，情短情长任缘由。其实只话桑与榆，人生何处不逢君。

代代江山人才出，年年春风谢花池。
莫怨情薄伤痕累，君多作为天下知。
桃艳柳柔人间事，自古情种相恋痴。
且将惆怅与君共，不怨悲欢无诉时。

对句欲远行

梦破痴心泪雨中，今朝酒醒谁人懂。忍将痛楚付流水，燕慕鸿鹄四时同。深秋欲远行，树君撰句：园中桂枝花迎风，中秋时节香正浓。莫忆潜潜嫦娥泪，恨别绵绵锁寒宫。灵兔捣药送与谁，吴刚酿造安得空？名利应逐身心外，情思自解忧愁中。

之一
慕君才思文句中，惹得情愫柳几重。
纵然伤君非吾意，痴人诳语嫁春风。

之二
秋凉人闲星月稀，浊言呓语付君迟。
莫怨痴人暂失忆，怕伤君心夜尽时。

之三
君言表表慰吾心，此爱拳拳比海深。
心空寂寂多晴雨，日出蒸蒸映霞红。

之四
品君佳句心气爽，笑看沉浮隐榆桑。
它年若得言吾志，自当偕君卷癫狂。

忆星沙会友

星沙践约秋满池，足迹无痕爱满枝。
期待有缘再相聚，莫待冰霜晚凉时。

信步湘江夜堤

寒露夜浮孔明灯，山麓人依江风清。
生命如水尽东流，私许早春话山行。

人在旅途勿言休

　　10月9日自星城返津，一路祝福一路诗兴，一怀相思尽予树君。历经十余小时，火车驶近德州，一片安静的低矮的灰色平房被甩在身后，消失在渐浓的暮色中。我想，人生荣华富贵不正如这垂暮烟云吗？只要能平平淡淡厮守在那安静简陋的灰色小屋，又何言没有幸福呢？我不禁打开姊君言漂泊短信，回复：忘记昨天，不悼已逝；珍惜今天，乐群能独；相信明天，不悲未来。人生得失，无分来去；亲情真爱，永暖心田。喜欢那山，喜欢那树；喜欢那江，喜欢那船；喜欢那池，喜欢那屋。纵人在旅途，吾心依有所住。承蒙日月星云，听任风霜雨雪。10月10日愚人整理于津沽。

今宵醉难眠，明朝人何处？
清明相知遇，感应无他求。
促膝爱晚亭，远眺橘子洲。
执君纤纤手，莫言泪泪休。
人生情何依，灯火阑珊旧。
莫伤无缘楚，梦约日薄出。

忆山麓荷花池

黄昏相思不忍,写句予树君:秋渐深,簌簌迷迷。想不怨,随情萌发,生命爱无悔。良久树君回复云:黄昏雨,点点滴滴。听不停,任人老去,相思不再语。

人生难免伤心事,处之淡然乐自知。

感君细语休相约,西窗惆怅秋满池。

无期也作有期许

近冬夜发信息予树君:饮马湘江难为水,除却麓山不看云。树君回应:夜深寒重冬将至,人在天涯两分离。树静风止老不养,携雏望归无有期。世上更有痴情种,无期也作有期许。读罢感慨不已。于是赋打油诗二首回赠,亦聊以自慰。2010 年 10 月 28 日子夜记于津沽小海地。

之一

归期无望君莫许,折鹤有意任风徐。

心结同蒂冬犹暖,情种异域春闭居。

常叹无遇尘浊帚,偶幸有缘水清渠。

且将至爱藏相思,只待执手步天衢。

之二

老幼缠膝君无怨,事业焦心终有还。

倾慕才学语不休,怜惜劳苦梦寡欢。

莫言凄凄无知己,当幸脉脉生情缘。

纵使厮守期无日,顽石尘蒙坚依然。

香樟树之歌

倾慕,灵犀,依恋,期许,约守。不知什么时候,香樟树已是我的生命我的歌。你美丽的眼眸是我的心曲，你深邃的思考是我的赞歌，你勤劳的品质是我的和鸣，你事业的光环是我的协奏。你的聪慧善良是我的情韵，你的繁茂挺拔是我爱的乐章。2010 年 11 月 3 日有句印证：昨夜梦里回山麓，闻君出迎喜难收。戏言化作香樟树，朝朝暮暮醉歌舞。

倾慕（之一）

繁茂冠院庭，巢归世人倾。

千里俯首是，莫言无人听。

秋冬见叶翠，冬夏知根深。

褒贬不入耳，肥瘠无区分。

灵犀（之二）

树梢绽瑰丽，窗台漫梦呓。

真情苦楚释，至爱伤悲离。

醉是花开处，月影漫石级。

困鸟寒蝉歇，无语无声息。

依恋（之三）

日照东皋锄，月映西屋眠。

联袂共烛读，执手促膝欢。

生甘为马虎，逝愿化树蝉。

形影俩不离，驰鸣相驱寒。

期许（之四）

子夜起风流，枝条挥舞绸。

月影心扉动，欲语藏言休。

最是星光秀，一静煞万愁。

缠绵会有时，执手梦境幽。

约守（之五）

娇容羞齿唇，相思断黄昏。

浓浓爱恋蜜，劳劳情痴魂。

星城月依旧，津沽梦长存。

生当惜树缘，顽石不负君。

与友人联句

友人邮件中有语：借影伴余行，遥品香茶韵。突然觉得好奇，好想知道得更多，关于你。很震动，于是依语联句。11 月 5 日中午时分。

借影伴余行，遥品香茶韵。
欲知韵何生，须在月下寻。
匆匆光阴逝，往事已封尘。
咫尺未团聚，天涯安识君。

相约香樟树

之一
相约香樟树，夜深人静时。
近对无语痴，忘却月色迟。
之二
相思千里迢，痴恋一帘娇。
莫怨离别苦，厮磨共醉宵。
之三
挑窗树叶落，闭目钟声作。
怎知空对苦，欲爱君已默。
之四
可恶吾絮叨，安知君辛劳。
抚慰失落后，厚颜乞春宵。

彻夜自责深

之一
昨夜无心伤友君，今晨有怨恨愚人。
易得匆匆忙忙苦，难忘点点滴滴恩。

之二

同升湖光映日晖，韶山冲翠浸心醉。

湘江岸堤彷徨处，麓山云影期许归。

之三

清明时节木发生，冬夜酷寒守黎明。

相遇相知情真切，纵使发白无凋零。

之四

岁月如水逝永恒，遥望麓山丛林青。

牵挂无边何曾予，伤心自责莫伤君。

之五

返津压抑与日增，归巢逢聚难成行。

冷却庭园莲池水，几回缠绵梦吃惊。

思念殷殷到天明

10月9日发信息给友人：清风凉凉，夜幕长长。相隔遥遥，思恋惶惶。麓山巍巍，湘江汤汤。秋去悠悠，冬来苍苍。叶落纷纷，情韵漾漾。旧事绵绵，爱意益益。衾被柔柔，热饮香香。曙光渐渐，乾坤朗朗。吾心暖暖，喜气洋洋。祝福声声，共君康康。友人改为：清风凉，夜幕长，相隔遥遥思恋惶。麓山巍，湘江汤，秋去悠悠冬来苍。叶落纷，情韵漾，旧事绵绵爱意益。衾被柔，热饮香，曙光渐渐乾坤朗。吾心暖，喜气洋，祝福声声共君康。

清风寒凉夜幕长，知音遥隔思恋惶。

落叶纷飞情韵浓，旧事缠绵爱意荡。

衾被柔柔热饮香，曙光渐渐乾坤朗。

麓山巍峨湘江去，秋水浩渺低野旷。

此情缠绵无尽时

子夜树君传言：叶落深秋雨，漫经寒冬雪。孤舟野渡横，逝水暮晖

225

斜。空山无人语，花静自在谢。难逃是宿命，皆为尘埃尽。愚人回复：情爱当随缘，相思自发生。心灵无远近，梦境期许君。树君复语：聚散本无定，相思怎奈何。夜深人鬼话，陡然在自欺。梦里有又无，恍若隔晨夕。去去花期矣，念念不忘痴。落英无处数，尽归尘埃里。读树君言语，彻夜不眠。待晨曦映窗，起立依窗观台，望落叶，审清风，淡月色，偶沏句，遥相寄。可雯2011年光棍节记于津沽。

昨夜相思晚，树君安入眠？
枯叶窗前落，清风帘下缠。
梦境钟声远，月色黎明淡。
悱恻随风去，快乐留心间。

冬晨予树君

曾自诩为大树，及至中年，遇树君，视之为树，期许长相伴，老相守。入冬时节获悉树君短信云：何日偷得半日闲，茶韵冬阳两心间。十年尘梦皆幻影，化作相思去后甜。读罢深为无法相聚而遗憾，遂堆砌词句以寄，聊慰相思苦。

之一
参天旷野树，几经霜雪晴。
孤寂回眸处，依稀伤曾深。
莫道无知己，老骥相同行。
笑傲隆冬寒，指待孟春新。
之二
日暖山涧溪，夜静心海堤。
相知何相怜，思聚当思惜。
坚言诺难许，守月旧窗西。
幸蒙疾苦甚，福泽天涯齐。

之三

天远志凌云，地阔行辟径。

勿伤离别事，只道纯朴存。

春花惜露润，雪松笑寒轻。

朝朝思君望，暮暮共情真。

之四

寡缘雨落尘，重情怨生根。

寂寥冬晨早，勿忙路人行。

有为视野新，无虑心境明。

何以相思苦，栖守甘清贫。

马与树

昨夜狂风卷残枝，今晨枯朽掩街石。

伤却新月隔无语，适值黑云缠绵时。

敢问树君不尽知，觅揽马迹勿言迟。

纵恩驰骋千万里，执情期守莲满池。

悉树君晚归寄语

淡却今世愁千方，忍看人间丑万象。

知音和鸣梦境歌，欢娱得度身心康。

猜疑嗔责爱意荡，风餐月行情难忘。

勿失期许倚山亭，相思斜落沐晨光。

心结缕缕予树君

少小慕奇伟，豪言映山溪。

染疾断仕途，肺裂空悲泣。

背井为生计，迁徙南北急。

辛酸满行囊，皱纹织乐梯。

风骨鄙权贵，冷眼歌舞醉。

年年复劳累，日日争朝夕。

缓缓回首望，碌碌无作为。

甘为山麓石，朝暮伴淤泥。

感树君真情

莫言相思恒久深，子夜辗转皆为君。

钟摆秒秒堪往事，纸笺字字嵌真情。

清风残月夜幽幽，麓山湘江踏青青。

京津劳劳锁岁月，满怀痴痴动乾坤。

子夜悉君书

子夜悉君书，恨不未嫁时。

字字深情溢，声声依恋痴。

生当共此心，死亦同守执。

相拥彻夜暖，任冬寒满池。

与君一夜诗

　　12月4日夜与树君联句至丑时，树君或妙语连珠，或感彻心扉，真是才华横溢。其中有句：情暖爱炽何时了，君心知多少。今夕传书言数重，春秋不堪回眸故园中。山转水移误年少，离恨长劳劳。明朝含笑行路匆，谁知一怀苦楚相思梦。愚人即兴回敬诗作凡十余首，摘录其三以记。

之一

生爱易生恨，相恋自相痴。

期诺如园草，枯零霜雪时。

遥望云丛月，何日守耕织。

纵使寒窑苦，同栖乐满枝。

之二

枝叶散幽香，才情举无双。

风雨润繁茂，日月聚芬芳。

饮马曾依柳，窗烛几断肠。

来生当为树，连理擎天苍。

之三

星城客栈栖，梧桐夜雨急。

岁月已然逝，人事成追忆。

何怨情爱苦，无憾知音稀。

与君一夜诗，流芳千古奇。

闻友人至凤凰山

12月4日友人登凤凰山，眺桃子湖，揽风光无限。愚人赠句：凤凰尘落醉众仙，桃湖歌起非等闲。山青水秀人易老，但使清波留欢颜。友人改为：凤凰尘落醉众仙，桃子湖畔非等闲。山青水秀不易老，留得清波尽欢颜。愚人于是心情巨变，仿若飞越千山万水飘然而至，与友人同踏山径，泛舟弄影，好不惬意，于是将诗句再做修改。

之一

凤凰尘落醉众仙，桃湖歌起非等闲。

山青水秀人不老，常泛清波荡欢颜。

之二

天高地阔心灵犀，山隔水断风光奇。

自古雄杰鄙坎坷，迄今志士淡别离。

大雪梦归

梦踏山径寒，独望江水远。
临池睡莲谢，探窗小屋闲。
真挚曾有时，相知逢聚欢。
此情伤无尽，大雪守余年。

常怀亲爱感恩心

风雨人生相伴行，何惧日暮西山青。
月映寒窗烛影共，笑对疾苦山川平。
忘却年少懵懂时，常怀亲爱感恩心。
但愿天荒人未老，莫使早逝负真情。

难冬眠

　　岁月无情，水流无声。我的心里会永远珍藏那份珍贵的记忆，那份亲爱，那份真情。我会永远栖守那池那屋，栖守在山麓江畔，栖守在那爱与生命安息的地方。2010 年 12 月 15 日夜，愚人彻夜难眠，于是组句寄情以慰。

长夜漫漫恨冬寒，痴旅迢迢幸意坚。
梦里唤君千千回，门扉紧闭声声断。
人去屋空香樟古，心灰怨生慧仁淡。
何言山麓守清池，不弃终老话月圆。

闻犬吠

望窗思晨归，闭目闻犬吠。
当有人行早，披戴天色微。
修远求索里，无言怨心灰。
期许相坚守，失眠不失忆。

雪夜吟

岁月若柱弦，往事如云烟。
多少辛酸泪，化作今夕甜。
且忆年少时，自诩非等闲。
淡定心素裹，笑傲冰雪坚。

缠绵又在隆冬时

冬夜风残枝，湿枕思君时。
缠绵难入梦，相忘影清池。
斑斑离恨泪，点点依恋痴。
何日携手步，无语同心知。

梦待黎明一枕魂

慧才降世染风尘，情缘缠绕生爱恨。
难舍家亲贤惠孝，苦渡学舟博广深。
莫怨至爱身心融，欣慰真情栖永恒。
冬夜严寒两相隔，梦待黎明一枕魂。

笑傲世间月朦胧

冬月里，树君伤感甚，言词不乏有"几回枕梦、泪落无痕"，"看今朝，真爱痛，聚散离恨不堪记，长相厮守成空梦"以及"写尽传奇事，难慕君痴狂。断肠南归雁，衡山数彷徨"等伤悲之句。

之一
今生伴灯孤影斜，来世予君俩相约。
情挚爱真无怨悔，愿散缘尽伤彻夜。
无忘京津痴迷路，感怀驿站短暂歇。
弦断知音犹相逢，语掩泪痕悲欲绝。

之二
空梦遗梦皆为梦，心同志同道难同。
口舌唠叨何益有，莫若相拥期许中。
坎坷人生自难卜，为命抗争孤力穷。
无悔荒野伴日落，笑傲世间月朦胧。

倚榻心忽惶

倚榻心忽惶，寒舍梅自香。
夕夕望星城，幕幕牵故乡。
窗台近草枯，江火远堤茫。
相知莫回首，斜月诉断肠。

梦回麓山

同乡语：湘江北去麓山青，夜半登顶笑语嫣。风吹叶落细细数，月过小亭轻轻叹。参天古树相依伴，早已连理在深壤。回首犹若在今宵，欣然执手忘人间。读罢同乡语，勾起往事历历，仿若梦里回归，重游岳麓湘江，一镜诗画情怀。

之一

月夜登顶眺，灯海漫江滔。

岁月随风逝，华年入梦遥。

几度求索苦，一夕心涌潮。

少小志莫负，痴勇贯云霄。

之二

云淡山岚清，月圆江岸明。

夜深闲泉井，树鸣空孤亭。

石径挽遗痕，枯枝舞无声。

寺院长廊古，朝夕望客行。

南郊怀旧

　　人生相逢时，命里注定；两情相悦时，天地和合；心心相知时，灵犀点通。

晌午游客稀，南郊牵手依。

幽谷纤纤步，细语丝丝意。

泉清粉竹翠，日暖群鸟嬉。

山野共期许，厮守俩不离。

不怨愿随迟

恩爱同心织，适值月圆时。

朝暮相伴欢，痴恋缠绵诗。

泪染草萋萋，思落叶吱吱。

但得同归栖，不怨愿随迟。

梦马虎联句

　　传言有马虎，终了化为石与树，马为石，虎为树，石拥树根，树掩石身，长年静栖于深山幽谷之中。及至夜深人静，马虎常吟诗赋句。昨夜梦里，我忽然闻石与树对句。翌日醒来，记忆虽已模糊，但仍拾得残句少许。石云：寒夜长漫漫，思君无尽时。待到曙光初，忘却今宵痴。树云：不言相逢但忘痴，人生无奈几多时。飞越关山千万重，心相依伴解相思。树又云：寒风夹飞雪，冻彻天地茫。路人匆匆急，稚子歇歇停。童趣童真心，得赏自然光。不畏寒冷袭，玩乐弄雪忙。如有卿同在，老少一起狂。石头回应：岁月流逝不复归，冻地舔犊雪舞飞。当惜人生亲伦乐，天涯灵犀映星辉。石再云：多日已无梦，今宵噩梦生。感君娓娓言，携手款款行。幼童稚趣真，华年事竞成。安康孕福寿，吾辈当自珍。石又云：相拥入眠无尽情，勿言化蝶烟云青。要君一枕轻轻吻，莫让爱梦染埃尘。树回应：爱本无邪境，何处惹埃尘。离别自是苦，相思梦太沉。何日相逢时，得诉今宵情。良久石云：月斜残雪枝，思君夜静时。清风冷江川，遗梦冰封池。树回复：相思无言处，入梦动情深。感君温柔意，欢喜满心堂。同君一枕梦，恩爱到天明。可雯记于冬至翌日，并弄句抒怀。

之一

林深虎威生，川平马驰骋。

乾坤朝夕易，日月亘古行。

至爱多遗恨，萌欲寡清明。

雪融万木动，雨细孤石鸣。

之二

生命伤决离，真情融有期。

不怨错相许，终得花并蒂。

繁华街市闹，偏僻山野凄。

私语淡富贵，长眠任生息。

岁末织语寄相思

朝暮望君还，南北相思牵。
万里愚自许，原野孤擎天。
岁替心愿全，水流信念坚。
莫怨空有梦，化蝶舞翩跹。

爱的复苏

曾渡沧海水，自诩欲念灰。
晨昏缠绵意，梦境孤独窥。
无悔江帆望，期许山巅随。
情炽一眸暖，爱真万物催。

爱问

世俗无绝情，润泽自发生。
溪泉草木衍，星辰日月恒。
伦理纲常束，知音欢爱盈。
何求朝暮守，灵犀应和鸣。

雪夜抒怀

之一

昨夜湘楚寒风嗖，应是花满树。
曾言园池相携手，岁月老，遥望依旧，落得心伤无数。
草枯阶台，光亮映窗户，寒凉满屋四壁徒。
伊人独处，不知夜归否。

之二

天高海阔任吾飞，日新月异携手回。

快帆踏浪会有时，亦愚亦智莫气馁。

拭去泪，整容衣，只争朝夕心同栖。

傲风雪，苦乐随，自强自信，定教生命言无悔。

思君伤怏怏

湘水逝汤汤，生离两茫茫。

念情意切切，思君泪行行。

麓峰耸巍巍，期盼心惶惶。

言誓信旦旦，梦残伤怏怏。

晨梦照夜语

晨梦流星雨，夜幻山林居。

锄种东皋乐，侃摘西窗句。

勿言论嫁娶，有缘相逐驱。

爱真天涯近，意合无声语。

凝窗风摇枝

冷月墙影只，冬夜人归迟。

至爱当无悔，真心自相痴。

难忘青涩梦，纵情几度炽。

眺望潇湘阔，指点灯火织。

故乡去万里，山麓守清池。

终老相期许，屏障已然失。

身隔心不离，音讯如期至。

新岁钟声远，凝窗风摇枝。

遇山麓放晴

雨后晴日出，檐前万木秀。
虫鸟争相鸣，藓苔漫净幽。
难得山径闲，却生别离愁。
愿乞生不老，守如相见初。

忖度人生

　　9月17日黄昏，在湖大子校，愚人见小学生们做卫生大扫除，竟生童年零碎记忆。其实，我也曾是一名学童，只是那时书本稀缺，承受更多的是劳动和饥饿。想到这些，总觉得现在的孩子很幸福。可是，看看他们那沉重得背不动的书包，想象他们每一天每一刻都被安排，我又觉得自己生长在那个艰辛的年代真的很幸运。睹物忆旧，摘句记：夕阳隐林慌，书童扫除忙。敦厚或淘气，自是劳作常。莫怨承劳苦，历练本领强。晚与树君夜话，忖度人生，成句二组，其一自赏，其二赠予树君。

其一
常怨世俗多虚假，自许心灵存纯真。
勤劳苦作轻禄利，费思冥索淡功名。
人物总总演有声，岁月匆匆去无痕。
何日斩弃荣辱根，林屋栖枕溪泉鸣。

其二
莘莘寒窗二十载，凄凄花月一残台。
众里姣丽多嫉慕，孤心寂寥少抚爱。
幸得天道酬勤公，不惧挫折明志在。
徙涉天涯乐耕织，长泊山麓净胸怀。

麓山秋韵

之一
入秋不与夏日重，晌午过客往来匆。
人生莫待梦境遇，惜取光阴四时同。

之二
山南林色青葱葱，晴日秋意句浓浓。
石泉细流潜苔绿，伊人倩影舞清风。

望麓山日暮

湘楚独竞秀，光阴何曾休。
窗前枫叶染，檐后石径幽。
日暮山客疏，月起相思稠。
清风许依旧，桂香却在秋。

情乏伤秋

愚人自 2009 年常返星城，尤钟情于湘江岳麓，不知不觉已过四载，感叹江川依旧，人事却多有变迁，然而心中珍藏不为物移，不为人非，当与生命同在，与日月永恒。是所谓，真情源于平淡，浓于感动，固于恒久。2013 年秋愚人记。

入夜人去温情少，踏晨秋来晴照多。
相思绵绵延尽时，劳作累累付蹉跎。
橘洲堤长青青草，桃湖镜圆粼粼波。
残荷红蜓嬉戏旧，染秋灵麓云天阔。

望麓山秋暮

秋深，遇天变阴沉，并偶有零星清雨，甚是感慨。想前几天树君曾语：窗外风和日丽，楼顶果硕菜肥。人生难得此景，朝夕相伴终老。忘却世上功名，自在江湖相守。但听鸟鸣滴翠，蕉绿荷红树美。树君言中尽绽无限美好，可今日黄昏却是另外一番景象，不觉让人伤感美好之遥远。于是摘句以记麓山暮秋之黄昏，描尽愚人眺望所寄之遐思离情。2013 年 10 月 17 日于麓山枫林。

之一

雁声过处另重天，数尽黄昏人未还。
昼浸秋意日日短，叶染清风点点寒。
往昔曾共湖光驻，捡尽杏黄藏笑颜。
今夕不知何处栖，独倚麓山醉梦仙。

之二

层层叠叠秋意浓，远远近近人影匆。
拾荒老媪路边歇，散学孩童楼门涌。
忙忙碌碌苦于勤，说说笑笑乐在丰。
一湾竹翠书院外，多少惆怅烟云中。

深秋意望知

丛林清晨雾气生，江南山野秋意横。
但愿人事终遂意，应知物景始凋零。

潜夜无悲

虽只是
霜染一片枯叶
我也不会昏睡

我会载歌而舞
无论能否
迎来晨光
照彻
莽莽大地

虽只是
雪冬一截寒枝
我也不会放弃
我会坚守而栖
无论能否
等到春暖
重现
点点生机

相思又黄昏

日坠霞淡晴空远，叶稀树瘦山野寒。
相思只锁镜妆泪，垂帘隔月孤枕眠。

梧桐叶

想那枯黄的梧桐叶
想她曾经的青春
曾经的美丽
看那圆满的果实
包裹的
定是收藏的生命
我知道叶
曾经绽立枝头
饮风沐雨

耗尽每一滴青春

我知道

在那里

生命并未失去

寒风里

枯黄

满载欣慰与自信

而舞而歌

依然如绿

那般美丽动人

石阶

细数

墙外

那遍布青苔的石阶

数不清

留下的脚步和岁月

只知道这里

世尘滚滚

晨昏交替

知道这里

学子前赴后继

遗落童年

丢弃稚嫩

怀着梦

踏着激情

匆匆而去

只留下

书声

月影

还有那带不走的
瓦屋
古杏

夜闻犬吠

子夜犬吠空远山，倚窗窥探何家还。
忘却亲爱千里外，惊喜浮现一念间。
朝暮劳作掩心酸，南北奔波锁华年。
对月难咽相思苦，期许来日山水闲。

冬夜孤栖

夜幕笼罩林海深，星月匿迹天地沉。
泉歇鸟宿寒舍寂，独饮孤栖影伴人。
不知今宵君眠否，久别难掩怨恨生。
闭目不忍风过处，偶闻酸枣坠落声。

冬日散句

屋顶
一窝空巢
鸟雀
已踪无迹消

檐前
一坳枣枝
草虫
已形匿影逃

眼前的世界

依然如昨
泉水细流
月蒙日照

只是不见了
虫鸟的喧嚣吵闹
只剩下
一片空寂静悄

想知道是什么
把伙伴们驱跑
是冬的清寒
还是人的惊扰

麓山冬晴

蔚蓝彻苍穹，长堤隔绿踪。
晴阳映大地，千树暖融融。
江南多生梦，不觉入寒冬。
假日人难闲，朝夕竞意浓。

灵麓冬韵

青鸟飞泉和鸣共，游人异客四时同。
石径林道纵横织，细风斜阳波光空。
菊绽枣落茶花洁，樟翠杏黄枫叶红。
莫言冬韵逊春意，几曾迷途灵麓中。

近暮闲适生

之一

近暮难掩闲适生，林幽不觉冬意横。
枯条垂下竹枝翠，流泉歇处草叶青。

之二

有愿难得人清闲，不知今日是何年。
黄昏无语福寿在，山麓小院腾青烟。

之三

生命毋庸嬉随轻，日暖江川万物宁。
快讯无隔转瞬至，乐极卧醉愚中人。

山林黄昏拾句

青瓦红墙树数株，石阶木檐烟几厨。
夕阳尽处峰峦远，咫尺不知世界殊。

长夜思无眠

之一

衾衣香暖两相知，入怀共梦值此时。
人生有责心负重，事业当为目燃炽。
无悔爱欲淹理智，有幸相遇任早迟。
纵使缘尽天涯隔，依稀守望终老痴。

之二

世人嗟叹知音稀，吾生足幸缘堪奇。
执手守护终无悔，淡忘恩怨聚有期。
做人当承悲离苦，为爱莫惧世俗弃。
朝夕缠绵会有时，皓月映窗山林寂。

春晴望麓山夕阳

石径弯弯林木葱，青烟袅袅斜阳红。
灵麓傲江景依旧，古刹卧崖岭数重。

偶遇闲舍有感

之一
晌午得闲行，矮舍藏林深。
铁栏残破锈，木檐蛛丝横。
窗台积灰尘，空屋盛冷清。
主人今何去，荒野寂无声。

之二
连珠伤残痕，世事沧桑陈。
笤帚倚墙在，台阶杂草青。
岁月易老人，当惜生命真。
斜门锁不住，葳蕤春发生。

山居乐

岁月峥嵘去匆匆，山居恬淡乐融融。
莫道世间事无助，终得知音心存同。
树大擎天林丛空，日暖厚地春意浓。
得失过往祥云里，耕歇未来紫梦中。

人生情律

有缘无缘期有期，多情寡情离多离。
人生苦短恨生恨，痴梦迷久啼梦啼。

人生独酌

大千勤道世尘封，曾几维艰名利穷。

淡对坦坷莫弃己，水刻荣辱无字中。

弗荣分庭无可非，俄中和融势趋同。

国事家事忧心在，不屑夕映林海红。

暮色吟

之一

灵麓峰下书院西，竹影难掩黄昏语。

台阶湿，叶染泥，清雾犹伤园静寂，一任梧黄香樟翠。

莫忆往昔江水击，来途变换不测预。

躬力行，常思为，岁月无情人有心，何怨山重暮色低。

之二

异地楼高未成眠。哪堪锁窗，月圆人各半。

回首相思又几番，碧罗饮罢秋犹寒。

寒秋无声尽缠绵。莫怨菊瘦，池镜待梅艳。

相遇匆匆不相知，相知已然近冬前。

残雪

你是房檐

残留的那一瓦雪

你舍不得离开

只为和风而吟

浴光而舞

你深知

冰清玉洁

不只在寒凉里孤独
在迟青的苗叶
遍是你坚贞的元素

残枣

你是拐枣枝头
悬挂着的
那一束果种
同伴早已安眠
早已拥有
归属的那一抔土

而你依然
在严寒里坚守
默然承受
漫长的冷季
只有冰冻雪封
只有空寂孤独

你相信
同伴们会传承繁衍
你坚信
暖春还会染绿枝头
你甘愿缺失
无怨无愁

冬栖灵麓

玉河嵌地笼，秀岭连天穹。
灵杰当无尽，浪沙逐豪雄。
花叶年年落，寺钟岁岁同。
雪映寒宅外，泉鸣山林中。

人生求索更宜秋

之一

莫怨春逝梦境埋，良益终生杏园栽。
纵然秋韵不复在，亦待菊台醉梅开。

之二

生命如花艳自落，名利若潮起复息。
青春华年莫虚度，人生求索秋更宜。

黄昏望大麓

　　去年七月在夏威夷明伦学校，见其百年校庆专刊开篇语有"仰望一位伟人，宛如仰望一座高山"句，甚为景仰与感动。今居岳麓山下，渐知山中过往古今，亦渐生"高山仰止"之意。于情，佩服书院"惟楚有材，于斯为盛"之千秋磅礴气势；于志，赞叹门联"学正朱张，一代文风光大麓；勋高黄蔡，千秋浩气震名山"之万代深远意蕴。只可惜，前者似乎"盛"过转衰，后者开言朱张之学"正"，恐有歧义。树君言，如将"学正"改为"学高"，而将"勋高"改为"勋著"，或许更佳。愚人10月8日独步山麓拾句以记。

之一

蹒跚拾阶闻蝉鸣，飘然飞叶落无声。
枯草拥道泉歇久，榛壳遍地知秋深。

远慕朱张文风渡，近瞻黄蔡浩气存。
但爱枫林层染句，独沐夕阳晚风清。
　　　　之二
时光荏苒今又秋，不觉离津一载久。
几度作为誓旦旦，尽遣云烟去悠悠。
津京甬琼始折梦，星城稚园终作秀。
人生无憾成一事，净心有道释千愁。

夏夜复树君句

炎夏蚊虫凶，子夜思虑重。
感君切切语，情意点点浓。
岁月失匆匆，名利淡濛濛。
南北驱劳累，家业懈怠空。
真爱意志坚，担当何屈从。
相守会有日，笑映烟云中。

共图作为天地魂

朝聚夕散云雾沉，昼短夜长思念深。
南迁北徙无觉累，春发秋落老年轮。
感戴痛饮湘江水，隐归栖息西山林。
惜取乾坤日月辉，共图作为天地魂。

子夜梦奋蹄

子夜难眠披衣起，孤影聆窗倚窗立。
细嚼君言字字苦，悟得真情深深意。
家亲人爱恒久事，民生国强当务急。
老骥伏枥心无悔，志存千里梦奋蹄。

归途

元月十九日黄昏自星城返津，惊景色壮丽，左前方一道霞辉如潮涌，身下云海如连绵群山，恍若亲临另外世界，另类时空。

之一

黄昏北飞岁月匆，九霄不与人间同。
清凉浸蚀心地寒，广袤展延视野空。
霞光若岸一堤涌，云山如冰万刃峰。
银狮蜡象缓缓步，林海雪原茫茫穹。

之二

炎炎夏日茫茫天，久久期待迟迟还。
柴米油盐爱语稀，日月星云家人怨。
事业未竟躯身累，真情无悔心胸宽。
但得膝下齐高飞，尽忘沉浮执手欢。

清明前游校园

晨曦映湖心，樱花舞清影。
草坪万点绿，枝头百鸟鸣。
人面现苍老，庭院发新生。
春光美无限，勤勉惜耕耘。

不负华年老南山

愚人语：生于斯止于斯，无须强求。恪尽职守，珍爱生命，尚高尚善，坚定前行。苦所苦，乐其乐，悲欢淡定，此谓平常之心。执此可入上界佳境。并赋句予树君：鹿鸣草青梦境还，东篱日暮执手欢。促膝夜话会有时，不负华年老南山。树君回应：呦呦鹿鸣，轻轻我草。种菊东篱，锄禾西回。容我膝盖，终老南山。读罢心境清明，随笔以记，2011 年元月 7

日可雯于津沽。

津湘子然行，如故遇知音。
朝思笃作为，暮宿付流云。
生命终作古，世界始推新。
惜时当勤力，月归隐山林。

晴秋傍晚

晌午曾摘句：晴空万里满忆思，最暖问候值此时。秋落春谢岁月往，莫怨寒暑不相知。及至傍晚，仍见蓝空辽阔，山林尽染，晴阳无限，于是再摘句以记心情。

仁望灵麓晴空阔，抚贴脸庞鬓角磨。
世间有情春秋替，岁月无声人景错。
犹记儿时乐趣多，玉米花生满筐箩。
房院净空夕阳晚，云彩飘飞落山坡。
转瞬近逝五十载，景致相似心泪落。
故里依稀梦里远，劲风犹在斜影绰。
暮暮叹息伴衾眠，朝朝奋起伸筷捉。
时光不去随人老，阅尽沧桑未蹉跎。

书院偶歇

院落数重竹生风，弦歌千年韵非同。
飞鸟鸣泉荷亭外，白墙红柱绿树中。

津夜孤渡

夜半倚窗待黎明，枯枝微颤任风侵。
莫言麓山松竹翠，道是人影满红亭。
爱子久别语依旧，生命短栖淡薄情。
故人往事烟云残，孤枕寒梦四壁清。

贺中秋

明月皎皎，照亮吉祥的天；千里遥遥，紧握牵挂的线。壬辰中秋意外收到友人句：红叶秋风无字诗，漫天飘舞寄远思。一片飞到君眼下，天涯同是月圆时。

中原堪逐鹿，秋意竞锁舟。
快帆江天远，乐道勤勉酬。
合分淡往事，家业重前途。
幸喜盈佳节，福祉遍枕绣。

秋晨复树君

树君晨句：热暑难消夜难尽，辗转不眠闻虫鸣。一生牵挂天地远，纵横时空写苍茫。

清晨鸟声脆，园林薄雾飞。
果香怜草老，秋水映空碧。
纵横天地阔，辗转伊人归。
唱和相对笑，栖共梦境醉。

暮色度人生

　　树君云：山几重，人几重，斯情还在山后重；曾忆否，几时休，斯人依旧人海中。品树君佳句，感慨不已。细思量，每个人都有很多故事，个中滋味，或苦或酸或甜或辛或辣，唯有自己深知。在别人看来的幸福抑或痛苦，而痛苦亦或幸福。生命就是这样，无论长短，无论鸣默，都会归于宇宙的浩瀚无声。而留下的，使沉寂清静；发出的，皆为他人的声音。正因如此，我们无所谓得失悲喜，只要坚定信念，让自己充实快乐，足矣。倘遇亲人厮守，相搀相扶，福也；如遇知音和乐，情心互悦相应，幸也。有道是，春几回，秋几回，光阴几难春秋回；草一生，木一生，知音一隔草木生。

　　　　　　寰宇浩无边，生命贵有年。
　　　　　　盘古遥若梦，尧舜近遗贤。
　　　　　　自由难企图，寡欲存为先。
　　　　　　华夏自出路，凡尘一重天。

予友人

　　岁月恒驶莫积虑，人生何处不能为！蛰居潜伏，照料家庭，养育子女，功亦在千秋。如要出东山，行天下，全在一念之间，何所惧乎。愚人常品先辈玉阶《咏兰展》中句："幽兰吐秀乔林下，仍自盘根众草傍。纵使无人见欣赏，依然得地自含芳。"一代伟杰，暮年半退半隐，亦自有其乐，汝等年少，何患无为。

　　　　　　昔传垂钓临蟠溪，近仰玉阶为朝梯。
　　　　　　心怀天下茅庐出，身老南山兰菊遗。
　　　　　　人生难得亲爱久，足下千里马蹄催。
　　　　　　不怨世道尘土蒙，终卧青翠日月辉。

扶桑种菊心不休

日思家园业共谋，夜梦野渡人同舟。
华年易逝光阴疾，真爱难求愿竞酬。
慕君意坚闻鸡舞，寒窗言志借雪读。
斩潮破浪会有日，扶桑种菊心不休。

仰望方识时

闲暇寄语树君：常言一问三不知，吾却自喜有半解。直到与君相处时，方识峻岭仰高枝。又云：风雨一生不容易，四十几载为名利。想望南山篱笆下，岁月悠悠长咏寄。

之一

树君莫怨痴人愚，憨笑堪赛小马驹。
过河涉水探深浅，畏惧不前若可屈。
但得赤兔点化成，纵横江海跃泥淤。
尤欣伴君千里外，把伞风雨爱共掬。

之二

炎炎夏日漫漫长，戚戚吾心悠悠伤。
不怨华街尘埃满，但仰高山云彩扬。
幽谷深宅皆为梦，口诗腹经独自赏。
岁月流逝鬓发染，容颜衰竭真情藏。

灵麓秋思

9月13日小歇于自卑亭，逢雨停雾散云起，望麓山青翠依旧，却难掩寒凉袭袭，感秋意彻彻。但见香樟树枝叶繁茂，甚感其生命之强大，陡然自怜人生多挫，曾萌退却之念，便觉自惭形秽，随吟句以记。

云起清山池，秋落疏林枝。

忆怀往白露，相思结愚痴。

莫许同登高，今夕孤影只。

欲知翠绿久，更待霜降时。

君惜别

10 月 3 日夜半醒，外面漆黑一片，但闻虫鸣，隐隐约约见风摇树，随伏案弄句，自遣忧心。翌晨，收悉树君句：君惜别，又言聚，秋深不耐早起寒。万物清，草木浓，江山依旧风雨凉。人归来，不急慌，一马纵横天下景。

之一

山野晨来迟，梦散夜犹滞。

虫鸣近阶草，风摇远庭树。

何言长栖守，今夕旧枕只。

天穹迷雾外，大地清影诗。

之二

不逊栋梁树，立地世界殊。

枝根连理交，终老繁茂除。

长护鸟巢寂，勿忘春光初。

逐影东篱绿，戏蝶美屋稠。

之三

虫吟荷花池，月明香樟枝。

秋深日暮早，夜静衾衣湿。

唠唠常怨遇，依依默恋痴。

有缘相见初，无悔终老时。

秋晴惹得相思遥

　　晌午友人传句：忆往昔，君相迎，正午阳光好。把手牵，一笑拥，惊得鸟儿骚。立树下，赏金桂，心随花落寥。风摇曳，叶飘零，满地黄金扫。

　　　　容颜不屑岁月老，秋意竟横踞枝梢。
　　　　枣落桂绽蝉鸣稀，雨歇云晴寒气消。
　　　　梦里登高愿景近，江水静流人事遥。
　　　　莫守寒宅孤栖苦，何知明年春花娇。

晴秋予树君句

　　　　雁飞重阳近，日暖古道新。
　　　　学风埋大麓，荒渡寡问津。
　　　　默默杏坛耕，悠悠岁月恒。
　　　　同志长求索，异声思共存。
　　　　夜雨聆空静，早晴催绿生。
　　　　山峻丛林幽，秋色让三分。

思道析理偶得

之一

　　　　宇宙自衍生，人类认知循。
　　　　井底观天难，文明累积成。
　　　　时空概念立，维度自确定。
　　　　千载求伊始，万变系一恒。

之二

悠悠盘古开，茫茫天地清。

山川纵横织，春秋交替行。

社会名利场，今古善恶心。

熟知未来事，过往自分明。

之三

大夫言平等，布衣图生存。

皆为乾坤主，奴仆缘何生？

本能孕欲念，私婪踞魂灵。

自由梦难圆，国兴民众幸。

旧颜池影

长发素衣似曾是，旧颜无改却难识。

池影晨荡春意早，鹤亭夜闻箫声迟。

梦境依依终老缘

4月9日树君赴穗讲学，一日往返，甚为辛劳。途中摘句：羊城柔和五谷丰，花市如海潮浪涌。期待余生愿有遂，执手踏浪爱无终。

炎凉乐欢欢，朝夕缠绵绵。

真爱看礁石，痴情锁流年。

曾经潮浪涌，久浸苦涩咸。

风雨散阴霾，晴阳映蓝天。

纵使垦荒累，怡然剪烛恬。

迢迢幸福路，依依终老缘。

苔青映步途

春去无痕夏色秀，草叶无意，怎堪容颜枯。

年年檐脊经风雨，处处苔青映步途。
唯恐相思苦，难得倚亭柱，任泉洗瞳眸。

盛夏江畔怀旧

周末至，单思君。单思君，泪无痕。思君笑，妒流云。一枕梦，共
销魂。

人生知音何处寻，立堤望江水无声。
春谢夏盛满眼绿，朝思暮想尽销魂。
闲来江畔忆旧事，陌路过客织新城。
应无悔恨留情伤，每逢周末倍思君。

绵绵粽香祝福长

龙舟竞渡载粽香，菖蒲系福挂端阳。
江堤遥望思遐远，恩情萦怀淡沧桑。

夏夜独居山麓

之一

梦里对笑一回回，醒来倚窗月色微。
不忍分离长相隔，人生有年当作为。
昨日林丛夕阳醉，相思树上蝉鸣急。
寻旧草荒忘归路，晴久泉细人迹稀。

之二

三伏炎热夜流火，千结烦扰心怨过。
因何苦悲因何乐，孰谓贫乏孰谓多。
绝非忌穷图富贵，只为痴情私笨拙。
两眼茫然与谁泪，一生庸碌付蹉跎。

离别私语

　　立冬过后，渐觉天寒。时近年尾，更显忙碌。人入中年，多有感悟。岁月沧桑，变换的是物景人事，恒久不变的是梦之所往与心之所牵。有道是，情源于平淡，浓于感动，固于恒久。11 月 11 日于津门。

之一

朝晨清雨别雾城，暮晚晴空映街灯。

人生苦短伤亦别，世事多磨梦飘零。

之二

纵然枯荣皆天意，但择逆随本心机。

人生有年道无限，不舍求索尽阶梯。

之三

心动气昂话语激，情深爱挚恨别离。

团聚对眸终有时，栖息相拥在今夕。

之四

一城霓虹染江岸，万倾星辉耀云端。

山水闲逸会有时，勤于耕播乐天年。

莫负树君

人生苦行多愿生，恨不如愿梦难成。

众里寻君千百回，一眼惊天锁痴魂。

自此恋恋日久深，堪比依依梁祝情。

作别津门栖灵麓，纵不化蝶泣亦真。

忧儿虑女心绪落，忐忑不安身浮云。

应挥利剑斩乱麻，莫负树君负骂名。

中秋返故里偶摘句

壬辰年中秋节后返故乡，见父母日渐衰老，兄弟姐妹亦是青春远去，而自己一生背井离乡，南迁北徙，与亲人稀有团聚，心中生满愧疚与遗憾。又闻树君句：夜深人静闻虫鸣，声声句句惹人愁。相别不过在今朝，历数恍若已半载。一别离兮清晨早，一望无兮念秋深。读罢，心中云动潮起，再难入眠，于是，摘句以静心。阳历十月二日于马斯坪村毛家坡。

之一

暮雾笼罩山隐形，清雨浸染溪流声。
梦里惊醒闻犬吠，林野何来夜归人。
分明昨日离君行，返归故乡饮风尘。
堪恨顾虑未执手，惹得漫天相思情。

之二

懵懂不觉近天命，默然有知领恩情。
相逢相识无迟晚，朝起朝落有潮汛。
俩身相隔心相守，三生事业共支撑。
春醉桃李风惹泪，秋染桂香月无声。

之三

不觉离乡数十载，儿时稚气不复在。
双亲喜悦难掩老，兄姊劳苦鬓发白。
无悔年少立远志，背井寻梦泊山外。
纵然梦碎决无泪，尸骨自有青山埋。

树的歌

在那本珍贵的日记薄里，那本一直封存的日记薄里，一直珍藏着仅有的这些文字：我只是想送一些时间，刻在你的年轮里，不知道永恒有多久；我只是想送些纽扣，缝在你的衣襟，不知道一生有多长……风吹起，衣袂飘飘，渡口鹭飞过，水波荡漾清澈，子衿青青，树的歌。

之一

很多年没有回家过年
年迈的父母盼啊又盼
房后的栗树一年年衰老
偏僻的小山村
乡亲一年年衰减

母亲在电话里说了很多次
二十年前种的茶籽
已经繁茂成园
三十年前栽的杉苗
已经巍然参天

父亲耳聋无法交流
乡里那唯一的邮所早已消失
背井离乡的日子里
父子间唯一沟通的书信
早已中断

父母一辈子守在山里
守着大山峻岭
看丛林穿梭的日月
听阳雀在晴空
唱响树的歌

儿子却走出了大山
离开家海内外漂泊
房后的小树一批批长大
曾被烧荒的山坡
变成了郁郁葱葱的林海

不知道父母有多苦
不知道父母有多怨
儿只是一棵不归家的流浪树
在老人寂静的心里
留下一首悲怆的歌

不知道是否多幸
不知道是否多劫
不知道是否应在大山坚守
栉风沐雨披霞戴露
谱一曲动人的树的歌

人生无常啊没有答案
岁月匆匆没有想过
父母从无责怨
或许老人已经习惯守在山里
听那永恒的树的歌

之二
在外的日子
离开了父母
在孤独的抗争中增生年轮
在破旧的皮箱里
存放着父亲的旧信
珍藏着母亲缝补过的衣襟

不知道岁月有多久
不知道生命有多长
一直苦苦追寻
那心向神往的终身不渝的梦

在南北迁徙的日子
在彷徨求索的旅途

直到那一年
在那个鹭飞水漾的渡口
和你相逢
子衿青青衣袂飘飘
我才懂得什么是毕生的追求

原本
你也是一棵树
一棵流浪树
静静地唱着生命的歌
在无畏中孤独前行
在勤劳里默然收获

你让我坚定辛勤耕耘
不荒废一秒
你让我勇往直前不望而止步
我们一起用生命诠释
天地的爱
树的歌

沐春怀旧

阳光这般明媚，犹如我们对生命的展望和期待那般灿烂。有人说，山中石多真玉少，知音难遇梦幻多。我们醒着的时候或许常生痛楚，多忧多患。那就让我们的梦想变得五彩缤纷，绚丽多姿，快乐幸福。春天是多愁善感的日子，让我们携手，静品淡观这变幻莫测的世界，坚定地一起走过那即将来临的百花齐放、万木竞荣、紫红争艳的萌动季节。

丛林崇岭山色青，梯田木屋溪水鸣。
昼夜劳作不觉苦，炎寒麋染守清贫。
背井寻梦梦犹遥，依栏浴风风渐轻。
莫问快乐人生最，长忆春暖阳雀声。

春雨立荷花池畔

雾气绵绵春雨清，柳条依依嫩芽新。
鹅黄草地枯犹在，吃水涨溢残荷横。
分明前日雏燕舞，晴阳催发万物生。
但得云开雨歇后，山娇川艳踏歌行。

故乡思如泉

夏日携子返故里，曾赋句：蝶韵翩跹绕芳菲，痴梦萦怀恋日葵。慧心淡定坚难克，弦歌未发仙乐卑。留故居，遇雨过天晴，观木屋溪涧，聆娃闹虫鸣，心境怡然。思何归何乐，随笔弄句。一谓何乐：溪跳蛙闹虫鸟鸣，雨歇雾散草叶新。如问世间乐何在，西山沟壑幽深晨。二谓何归：雨过天晴云雾腾，晨移山前木屋清。莫问此生何归是，人闲溪涧和鸟鸣。

之一
日耀群山晓，鸟鸣木屋摇。
院前禾藤绿，园后菜架茂。
童年路径荒，终老残梦照。
思君无尽时，青涩满树捎。

之二
清晨鸟蝉匿，山村风雨急。
蒙蒙雾气笼，隐隐闻鸡啼。
今朝农户闲，不见炊烟起。
如斯桃园外，当与君同栖。

之三

己丑蒙福幸，潇湘遇知音。

清明缘生结，初夏爱漫亭。

青丝梦呓绕，同心感应真。

有情得知遇，无缘共栖鸣。

之四

房檐雨滴稠，思君心梦幽。

起身近窗户，一帘爱与愁。

万里夜空静，千年誓未休。

同心与君结，异域共济舟。

之五

山中岁月悠，人闲无所求。

嬉水东坡下，采叶西地头。

朝闻鸡鸟鸣，夕望炊烟休。

执爱心何苦，思乡身久留。

后　记

致谢树君

凌晨晌午日暮
每一缕相思
你温馨清甜的声音
让我漂泊的情种
找到永恒的寄托

压抑忧忡忙碌
每一笺愁绪
你美丽灿烂的笑容
让我彷徨的求索
寻到真善的归宿

早春炎夏霜秋
每一段孤寂
你清秀幽柔的文字
让我失落的魂灵
得到无限的安慰

阳光花溪月竹

每一枕梦想
你的关爱依恋呵护
滋润着游子的心
你值得我一生守候

2015 年 1 月 5 日
可雯写于枫林